KB089269

50, 설렘의 시작

50대 이후 또 다른 나 찾아가기

50,
설렘의 시작

조인숙 지음

두드림미디어

🌸 프롤로그

이혼하고 싱글맘이 된 지 올해로 20년이 되었다. 20년을 정말 잘 버텨왔다. 이혼 후 처음에는 들판에 홀로 버려진 들개마냥 두려움과 외로움에 치를 떨었다. 그러다 문득 엄마만을 바라보는 두 딸의 눈망울을 보면서 정신을 차리고 스스로를 일으켜 세워야만 했다.

"엄마는 강하다"라고 누가 말했던가? 나는 처음부터 강하지 않았다. 세상과 홀로 마주하며 두 딸을 키워야 하는 막막함과 아무에게도 도움을 요청할 수 없는 절망감에 휩싸여 소리 없이 우는 겁쟁이였다. 5살과 8살의 어린 두 딸을 혼자 키우겠다고 큰소리쳤다. 하지만 세상에 막상 나와 보니 무엇을 어떻게 해야 할지 몰라 갈팡질팡했다.

두 아이를 데리고 살던 곳을 떠나 친인척도, 친구도 없는 곳에서 아파트 반월세를 얻었다. 그러다 우연한 기회에 교회에 나가게 되었다. 큰아이가 초등학교에 입학하니 교회 친구라도 만들어주려는 마음도 있었다.

목사님을 뵙고 이런저런 이야기를 하다가 가족에 관한 질문을 받자 나도 모르게 억눌러 왔던 눈물이 쏟아지고 말았다. 어린아이가 엄마 앞에서 울듯이 눈물을 주체하지 못하고 서럽게 몇십 분 동안 목놓아 울었다.

아이들 앞에서 약한 모습을 보이면 안 되니 밤에 아이들을 재우고 혼자 노래방을 가서 노래를 부르며 또 울었다. 노래를 빙자한 울부짖음에 가까웠다. 며칠을 그렇게 울다가 이제는 절대 울지 않으리라 마음먹고 본격적으로 생활전선에 뛰어들었다. 살기 위해서 뭐든 해야 했기에 물불을 가리지 않았다. 처한 환경이 강한 정신을 만들고, 강한 정신이 행동을 만들며, 행동이 자신을 만든다.

이혼 사실을 양가 부모님께 비밀로 하기로 합의한 상황이어서 누구한테도 도움을 요청할 수 없었다. 내가 이혼을 했던 2000년대까지만 해도 지금처럼 이혼모에 대한 시선이 좋지만은 않았다. 지인 중에 나처럼 이혼한 사례가 없을 정도였다. 2020년대 들어 TV 등 언론매체에 당당히 돌싱이라는 사실을 커밍아웃해서 활발하게 활동하고, 재혼 프로그램도 편성되어 한부모가족도 가족의 한 형태로 자연스럽게 받아들여지는 분위기가 되었다.

나를 가장 힘들게 한 것은 나 스스로 이혼녀 딱지를 붙이고 위축되었다는 것이다. 힘들어도 힘들다고 말하지 못하고, 아파도 아프다고 말하지 못하고, 참고 버티며 아무렇지도 않은 척했다. 나에게 가면을 씌우고 피해자 코스프레를 한 것일지도 모른다. 나중에 부모님께 이혼 사실을 알리고 나서도 비난의 시선이 두려워서 어떤 도움 요청도 하지 않았고, 철저히 혼자가 되는 연습을 했다. 부모님과 언니, 여동생은 어차피 지방에 거주하고 있어서 일하는 동안 아이들을 맡길 형편이 안 되었다.

 가장과 육아의 역할을 같이 하는 삶은 생각보다 녹록지 않았다. 새로 이사한 아파트 동마다 다니면서 영어 과외 모집 광고지를 붙이고 다녔다. 아이들을 돌보려면 집에서 할 수 있는 공부방이 제격이라고 판단해서 내린 결정이었다. 모집을 하는 동안 학교 방과 후 수업 두 개와 문화 센터 수업 출강과 주말에는 2시간짜리 공무원 영어 수업을 병행했다.
 수업 준비를 하느라 2~3시간의 수면만으로 버텨내야만 했다. 나는 투 잡도 아닌 포 잡을 하며 뛰어다녔다. 30대 중반의 나는 초슈퍼맘과 초슈퍼대디를 겸한 억척의 대명사였다. 주변에 입소문이 나서 과외하는 아이들이 많아져 과외만으로 수입이 안정되어갔다. 우리 아이들도 집에서 '선생님' 소리를 듣는 엄마와 재미있게 수업에 참여해 나름 엄마를 자랑스럽게 생각했던 것 같다.

 '인생은 새옹지마'다. 잘나가던 공부방을 접고 다시 1년 반 만에 서울로 갔다. 지금 생각해보면 안정권에 접어든 생활을 굳이 뒤로하고 서울로 향했던 나의 내면에는 아이들을 더 잘 키우고 싶다는 자격지심이 자리 잡았던 것 같다. 서울로 다시 와서 큰아이를 전학시키고, 작은아이는 유치원에 보낸 후, 나는 영어 학원 강사와 과외를 하며 투 잡을 했다.

 서울 집값이 경기도권에 비해 비싸서 아파트는커녕 빌라 전세도 구할 형편이 안 되어 상가 건물 월세 생활을 해야 했다. 상가 건물 지하에 노래방이 있어 애들 교육상 다시 이사해야 했고, 그 후로도 몇 번의 이사가 이어졌다. 아이들도 그때마다 전학을 가야 했다.

학원 근무 후 귀가하면 밤 10시를 훌쩍 넘었고, 그동안 아이 둘이서 어른들의 도움 없이 지내야만 했다. 제대로 케어받지 못하는 아이들이 안쓰러우면서도 피곤한 몸을 핑계로 잔소리와 짜증을 부렸다. '고단하고 힘든 내 인생 도대체 언제까지 이렇게 살아야 하나?' 하고 신세 한탄을 하며, 피해자 코스프레를 했다.

그러면서 일생일대의 고비가 왔다. 막내의 사춘기 서막이 시작되었다. 중학교 1학년 때 시작된 사춘기의 방황은 그 후로도 6년 동안 이어졌다. 단 하루도 바람 잘 날 없었고, 사건 사고가 끊이지 않았다. 내 인생의 암흑기였다. 그 암흑기를 겪으면서 엄마인 나도 당사자인 막내딸도, 그 모습을 지켜봐야 했던 큰딸도 피해자이면서 가해자가 되어갔다.

서로 상처를 주고받으며 지옥과도 같은 삶을 살았다. 아이와 같은 공간에서 돌봐야겠다는 마음을 먹고 친정이 있는 먼 지방으로 이사까지 갔다. 공부방을 하면서 아이에게 그동안 못다 한 사랑을 해주면 예전의 아이로 돌아올 것이라는 희망을 품었다. 결과는 더 처참했다. 아이는 등교는커녕 방 안에서 꿈쩍도 하지 않고 시체놀이를 했다. 혹시나 잘못된 선택을 하지는 않을까 마음을 졸이며 방문 앞에서 서성이다 소리 죽여 울었다.

아이를 살리고 봐야겠다는 심정으로 다시 서울 친구들이 있는 학교

근처로 이사했다. 아이는 고삐 풀린 망아지인 양 비행을 일삼았고, 나는 학교와 경찰을 오가며 아이 뒤치다꺼리를 해야 했다. 사라진 아이를 밤새 찾아다니기도 했다. 학교 선생님과 교장 선생님께 부모의 잘못이 크니 졸업만 시켜달라고 애원하다시피 했다. 우여곡절 끝에 막내는 고등학교 졸업을 했다. 대학을 가지 않겠다고 고집을 피워 나름 어엿한 사회인이 되었다. 큰아이는 본인이 좋아하는 음악 전공 대학에 당당히 합격했다. 그렇게 속을 태우던 막내는 지금은 세상에서 엄마를 제일 사랑하고, 죽을 때까지 같이 살고 싶다는 말을 하기도 한다.

대한민국에서 싱글맘은 살아나가기가 참 어려운 것 같다. 날이 갈수록 이혼율은 증가하고 있지만, 제도적 보호장치나 실질적인 지원책은 너무나 미비하다. 한부모 아이들을 바라보는 사회적 인식도 곱지 않은 것을 온몸으로 체감했다. 지금은 아이 둘이 20대가 되어 여전히 싱글맘인 나와 함께 어른이 되어가는 중이다. 기나긴 고통의 시간을 견뎌내야 했지만, 이제는 더 이상 이혼이 아픔으로만 다가오지 않는다. 약간의 외로움과 아이들을 더 이상 돌보지 않아도 되는 시간의 공백을 담보로 남들이 부러워하는 자유로움을 즐기는 중이다.

만약 이혼을 앞두고 있거나 앞으로 살아갈 세상이 막막하고 불안한 분들이 있다면 이렇게 말해주고 싶다.
"그냥 현재 상황을 있는 그대로 받아들이세요. 이미 일어난 일의 모든 것을 자기의 잘못으로 여기거나 피해의식을 느끼지 마세요. 어떤 어려움이나 아픔도 시간이 지나면 추억으로 남습니다. 어려움의 시기가 나중에 인생의 반전이라는 기회가 되기도 합니다."

나는 이혼을 경험한 돌싱 남녀들에게 나의 살아온 경험을 솔직하게 나누고자 한다. 당사자들뿐만 아니라 그들의 부모님이나 자녀들에게도 세상을 헤쳐나갈 희망과 용기를 주고 싶다. 이혼은 결코 무겁고 아픈 것만은 아니며, 새로운 인생을 향한 출발점이라고 말하고 싶다. 이혼했다고 해서 위축되거나 절망할 필요가 없다. 이혼을 계기로 좀 더 나은 새로운 세계를 향해 변화해가는 자신을 맞이하는 것으로 생각하면 좋겠다. 현재의 내 모습을 인정하고 즐기면 더욱 좋겠다.

나의 이야기가 이혼과 마주한 누군가와 그 가족들에게 위안이 되고, 아픔을 가볍게 뛰어넘는 힘이 되었으면 한다. 이혼한 아픈 손가락인 나를 묵묵히 바라봐준 엄마와 돌아가신 아버지, 형제자매들, 그리고 무엇보다 나를 엄마라고 부르며 같이 동거하고 있는 사랑하는 딸들에게 다시 한번 고마움을 전한다. 태어나 처음으로 도전해보는 책 쓰기에 날개를 달아준 '한책협' 김태광 대표님, 권동희 대표님, '한책협' 동기 여러분께 진심으로 감사를 전한다.

조인숙

차례

내가 싱글맘이
될 줄이야

1 • • •

싱글맘,
고통의 늪에서 헤엄치다

2003년 늦은 겨울, 남편과 나의 결혼은 공식적으로 마감되었다. 8년 간의 결혼생활이 법정에서 단 3분 만에 끝난 것이다. 5살, 8살의 어린 두 딸은 내가 양육하기로 합의했다. 자타공인 싱글맘이 된 것이다. 전 남편은 다행히 "애들은 정서적으로 엄마가 키우는 게 낫겠지?"라며 양 육권을 순순히 넘겨주었다. 아이들을 데리고 살려면 차도 필요할 거라 며 차까지 선뜻 내주었다.

우리는 마지막 1년의 기간 동안 정말 치열하게 싸웠다. 아이들을 생 각해서라도 싸움을 멈출 방법을 찾으려고 했지만, 날마다 서로에게 상 처를 입히는 전쟁이 반복되었다. 한 상처가 치유되기도 전에, 또 다른 상처를 입었다. 관계 회복은 쉽지 않았다. 아니, 집안은 전쟁터 그 자체였다. 말이라는 칼날과 화살로 우리는 서로의 마음을 마구 쑤셔댔다. 승자도 패자도 없이 마음의 앙금만 남는 전쟁이었다. 방패도 없이, 우리의 관계는 그렇게 어그러져만 갔다.

서로 잡아먹을 듯이 자주 싸우다 보니, 결혼생활에 회의가 일었다. 남편이 있어도 없는 듯했다. 아니, 차라리 없는 게 낫다고 생각했다. 나중에는 아이들과 나, 이렇게 셋이서 다니는 게 익숙해졌다. 마치 한 지붕 아래 두 가족이 따로 사는 느낌이었다. 그러던 중, 남편이 이렇게 사느니 차라리 이혼하자는 말을 먼저 꺼냈다. 나는 이때다 싶어 당장 도장을 찍자고 했다. 말이 씨가 되었고, 그 씨가 걷잡을 수 없는 파장을 일으켰다. 30대의 젊은 혈기를 주체하지 못하고 서로 물어뜯고 싸우다가 우리는 그렇게 헤어졌다.

나는 남편 얼굴만 보지 않으면 숨이 쉬어질 것 같았다. 자진해서 살던 서울 집을 나와 다른 지역으로 갔다. 이혼 사실을 양가 부모님께 비밀에 부치기로 합의한 터여서, 지방에 계신 시부모님께 인사도 못 드린 상태였다. 우리는 그렇게 남남이 되어버렸다.

시작부터 삐걱거렸던 싱글맘 생활

경기도 한 아파트를 반월세로 얻어 새로운 생활을 시작했다. 8살 첫째 딸은 초등학교에 입학시키고, 둘째 딸은 인근 유치원에 보냈다. 낯선 타지인 만큼 아이들에게 친구를 만들어주려고 교회에 다니기로 마음먹었다. 교회 목사님 앞에서 가족 이야기를 하면서, 나는 수도꼭지를 틀어놓은 양 펑펑 울었다. 그동안 억눌렸던 마음이 한꺼번에 풀어지며 무너져 내렸다. 나는 당장이라도 실신할 것처럼 꺼이꺼이 목놓아 울었다. 교회를 다니기 시작하면서 아이들에게 친구들이 생겼다. 나에게도 심적으로 의지할 수 있는 집사님, 권사님들이 생겼다.

이제 경제 이야기로 넘어가야겠다. 아파트를 반월세로 계약하고 나니, 내 수중에는 겨우 한두 달 정도의 생활비만 남았다. 당장 무엇이든 해야만 했다. 집에서 아이들을 돌보며 할 수 있는 일을 시작하기로 했다. 전공도 살릴 겸 영어 공부방을 운영하기로 결론을 내렸다. 그런데 문제는 주변에 아무런 인맥이 없다는 것이었다. 인근 아파트, 빌라에 발이 닳도록 과외 모집 홍보 전단을 붙이러 다녔다.

과외 할 아이들이 생기는 동안, 임시로 할 수 있는 일을 알아보기로 했다. 지역 벼룩시장 신문에 실린, 월수입 200만 원 보장이라는 문구에 혹해 면접을 보았다. 하루 몇 시간만 자유롭게 영업을 뛰면 가능한 일이라고 했다. 아이들을 돌봐야 하는 나로서는 선택의 여지가 없었다. 그렇게 남에게 10원짜리 하나 빌리지 못하고, 아쉬운 소리 하나 못 하는 내가 정수기를 팔러 다녔다.

제일 먼저, 예전에 함께 일했던 동료들을 찾아갔다. 하지만 내 뜻대로 정수기를 렌탈하려는 사람은 없었다. 바람을 맞거나, 쓴소리만 듣기 일쑤였다. 나한테 밥과 술을 얻어먹었던 동료들이 싸늘한 시선으로 나를 쳐다보았다. 나는 뒤통수에 꽂히는 따가운 시선을 느끼며, 한없이 작아지고 주눅 든 채로 황급히 그 자리에서 나와버렸다.

같은 교회 식구들도 생각보다 너무 냉담했다. 나중에 안 일이지만, 교회 목사님이 내 딱한 처지를 아시고 집사님들에게 도와주라고 했단다. 하지만 집사님들은 차별 대우한다며, 노발대발했다고 한다. 심지어 나를 교회로 인도한 친한 집사님마저도 어렵게 꺼낸 내 이야기를 단칼에 잘라버렸다.

사회는 정말로 냉혹했다. 한부모 가정이라고 도와주기는커녕 얕보고 멸시하는 것만 같았다. 안 그래도 쪼그라든 마음이 한없이 작아져만 갔다. 정수기 회사 분위기도 냉랭했다. 팀 목표에 도달하지 못하면 눈치를 주는 바람에 우리 집에 비데와 정수기를 들여놓고 말았다. 이러다가 돈을 제대로 벌기는커녕 물건들만 쌓일 것 같아 망설임 끝에 그만두었다.

영어 과외 홍보 전단이 골목에 나뒹굴 정도로, 붙인 곳에 붙이고 또 붙이며 다녔다. 그렇게 3주 정도가 지난 어느 날, 같은 아파트 단지에 사는 한 여학생이 과외 팀에 들어왔다. 큰딸 또래의 똘똘해 보이는 아이였다. 큰딸과 함께 게임도 하게 하고 맛난 음식도 해먹이니, 영어 수업에 재미를 붙여갔다.

그다음 달에는 그 여학생의 동생이 합류하게 되었다. 그 후로도 몇명이 더 들어와 과외 팀 인원은 총 다섯 명이 되었다. 파닉스와 영어 원서를 병행해서 가르치니, 아이들의 발음이 향상됨은 물론 영어 실력도 늘어갔다. 그렇게 입소문이 나면서 어느덧 세 팀이 구성되었다.

하지만 첫 과외비를 너무 저렴하게 책정해서 그런지, 느는 아이들 수에 비하면 수입은 그다지 좋지 못했다. 아파트 월세며, 관리비, 생활비는 고사하고 둘째 딸의 유치원비 내기도 빠듯했다. 큰딸 피아노 학원 등록은 엄두도 못 냈다.

아이들이 더 들어올 때까지 다른 일을 병행해야 했다. 마침 학교 방과 후 영어 선생님 모집 공고가 나서 무조건 이력서를 넣었다. 운 좋게도 초등학교, 중학교 두 군데에서 합격통지를 받았다. 나는 일주일에 네 번 외부 수업을 하러 갔다. 주말에는 공무원 학원에서 2시간씩 강의했다.

방과 후 영어 수업 준비, 공무원 영어 강의 준비, 과외 수업 준비를 한꺼번에 하느라 밤을 꼬박 새우는 일이 잦아졌다. 일주일에 한 번은, 한 백화점 문화센터에 아이들과 함께하는 영어 수업 출강도 나갔다. 나는 투 잡도, 쓰리 잡도 아닌 포 잡을 하며 이리저리 뛰어다녔다.

그래, 나 돌싱맘이야!

집에서 운영하는 영어 공부방에 아이들이 더 들어왔다. 초·중·고 반 통틀어 아이들로 꽉 찼다. 나는 비로소 공부방 이외의 다른 일들을 그만둘 수 있었다. 문화센터와 학교에 출강한다고 하니, 나를 더 믿는 분위기였다. 물론 아이들의 영어 성적이 향상된 덕도 보았다. 그렇게 공부방이 자리를 잡기까지 1년 반이라는 시간이 걸렸다.

나는 우리 아이들이 '한부모 가정'이라는 현실에 주눅 들지 않고 씩씩하게 자라기를 바랐다. 친구들이 엄마를 '선생님'이라고 부르니, 나름대로 자존감이 올라갔으리라 생각한다. 우리 두 아이는 교회 친구들, 공부방 친구들, 학교 친구들을 사귀며 새로운 터전에서 잘 적응해나갔다.

"식물은 재배함으로써 자라고, 인간은 교육함으로써 자란다."

루소(Jean-Jacques Rousseau)가 한 말이다. 엄마는 최초이자 최고의 선생님이다. 나는 우리 아이들이 밝고 건강하며 남을 배려하는 아이들로 자라도록 노력했다. 무엇보다 아빠의 부재를 느끼지 못하도록 최선을 다했다. 우리 아이들은 내가 손수 만든 애플파이, 탕수육, 에그 샌드위치 등을 공부방 아이들과 나눠 먹곤 했다. 너무나 즐겁게 웃으면서 말이다.

나는 우리 아이들이 별 탈 없이 밝고 건강하게 현실에 잘 적응해주어서 고마웠다. 잠든 아이들 손을 꼭 잡고 1년 전 좌절의 눈물이 아니라 감사의 눈물을 흘렸다. 나는 비로소 내가 싱글맘이라는 사실을 받아들였다. 나는 홀로 두 아이를 키우며 슈퍼맘, 슈퍼대디의 역할도 함께하고 있었다. 친한 친구들과도 차츰 연락하기 시작했다. 차로 1시간 거리에 사는 친정 오빠와도 처음으로 왕래를 텄다. 내 사랑 엄마에게도 전화해 씩씩하게 잘 살고 있다고, 둘째 딸의 건재함을 알렸다.

그럼에도 불구하고 가끔씩 쪼그라드는 자존심은 어쩔 수 없다. 그럴 때마다 속으로 외쳐본다.

'그래, 나 돌싱맘이야. 6살, 9살 아이 둘까지 있어. 그게 뭐 어때서? 세상에 돌싱맘이 되고 싶어서 되는 사람이 있냐고? 아이들이 이렇게 잘 자라주고 있으니, 이 정도면 슈퍼파워 돌싱맘 아니야?'

싱글맘은 처음이라

막내의 아빠 타령

한번은 막내가 물었다.

"엄마, 왜 우리는 아빠가 없어?"

"…."

"나도 친구들처럼 아빠 손 잡고 교회 가고 싶어."

애가 왜 갑자기 안 하던 질문을 하는지 순간 머리를 한 대 얻어맞은 것 같았다. 친구들이 엄마, 아빠와 나란히 손잡고 교회 다니는 모습을 보고 내심 부러웠나 보다.

'아빠가 없는 게 아니라 같이 안 살 뿐이야'라는 말이 목까지 차올랐지만 꾹 눌렀다.

'아무리 노력해도 아빠의 부재는 내가 해결할 수 없는걸?'

그렇다고 아무나 붙잡고 우리 애 아빠 해달라고 할 수도 없는 노릇이고, 난감했다. 벌써 아이들 마음의 상처가 이렇게 수면 위로 떠오르고 있었다.

식구 중 가장 듬직하고 가까이 살았던 막내 오빠에게 SOS를 쳤다. 오빠 집에서 우리 아이들보다 늦게 태어난 조카들과 시간을 보냈다. 공원에서 롤러스케이트도 타고 즐거운 시간을 보냈다. 막내는 겁이 없어서 롤러스케이트를 쌩쌩 잘 달리는 것에 비해 어린 조카는 겁이 많아 조심스럽게 달렸다. 그러다가 막내가 조카 옆을 지나치는 찰나에 조카가 그만 넘어지고 말았다.

그러자 한걸음에 달려간 오빠가 우리 막내를 야단치는 게 아닌가? '팔이 안으로 굽는다'라더니, 일부러 그런 것도 아닌데 혼내는 오빠가 야속했다. 속은 상했지만 겉으로는 아무렇지도 않은 척 나도 막내에게 조심히 타라고 말했다.
'별것 아니야. 다른 아빠였어도 그랬을 거야'라고 나 자신에게 타일러 보았다. 하지만 마음속에서 일어나는 소용돌이는 어쩔 수 없었다.

조카가 태어나기 전에는 막내를 무릎에 앉혀놓고 귀엽다며 한참을 쳐다보았던 오빠였다. 어린이날에는 아이들에게 한 아름 선물을 안겨주어 우리 아이들이 정말 잘 따랐다. 나는 이런 자격지심을 마음 한쪽에 담아두고 살았나 보다. 그냥 넘어갈 수 있는 일상을 혼자 아파했던 것 같다. 아이 둘 싱글맘이 이런 문제로 속상하다고 누구에게 하소연할 수도 없었다.

'하루만 아빠가 되어주는 아르바이트 어디 없나요? 알바비 드릴 테니 제 아이랑 좀 놀아주시면 안 되나요? 대한민국에는 왜 그런 아르바이트가 없냐고요?'

교회에 다니는 동생이 한번은, "언니, 혹시 모르니 남자 신발 현관에 갖다 놔. 남자가 집에 있는 것처럼 해야지. 요즘 세상이 얼마나 무섭고 험한데"라고 말했다.

나는 "남자 슬리퍼가 있어야 덜 위험하다는 논리는 대체 어디서 나온 거야?"라고 일축했다. 하지만 며칠 후 시장을 지나가던 길에 남자 슬리퍼를 사서 현관문에 갖다 놓았다.

큰아이는 왜 남자 슬리퍼를 사 왔냐고 물었다.

"어, 삼촌 오면 편히 신으라고 둔 거야"라고 얼버무렸다.

"너희들만 있을 때 혹시나 사람이 들어오면 아빠가 있는 집이라는 것을 알리려는 마음에 둔 거야"라고 하면, 오히려 그 말로 인해 겁을 낼 것 같아서였다.

막내가 초등학교에 입학하고 얼마 지나지 않은 날이었다.

"엄마, 학교에서 가족 몇 명인지, 누구누구 있는지 조사했어."

"어, 그랬어?"

"그런 거 물어보는 거 싫은데."

"그랬구나. 그런 거 물어봐서 속상했구나."

큰아이에 비해서 막내는 이런 문제에 대해 유독 예민했다. 나는 그런 막내가 너무 안쓰럽고 미안해서 어쩔 줄을 몰랐다. 한참 사랑받고 어리광 부릴 나이에 아빠의 부재에 대한 상실감을 느끼다니 마음이 아려왔다.

돌싱 만남 주선 회사

아빠의 부재로 인해 둘째 아이가 유독 예민하게 받아들이고, 친구들과 그 문제로 말다툼을 하기도 했다. 우연히 보게 된 둘째의 일기장에는 아빠가 있는 친구들이 부럽다는 내용의 글이 적혀 있었다. 나는 고민에 빠졌다.

'그래, 만나는 것은 나중에 생각해보고 전화만 해보는 거야.'

벼룩시장 신문에 조그맣게 난 돌싱 만남 주선 전화번호를 일단 저장해두고 며칠을 고민했다. 며칠 후, 그 회사에 전화를 걸고 말았다. 한 중년 남자가 전화를 받았다.

"돌싱 만남 주선의 김 만남 부장입니다."
"네, 안녕하세요?"
"회원 가입하고 싶어서 연락하셨죠? 잘하셨습니다."
이렇게 해서 가입비 20여만 원을 입금하고야 말았다.

김 만남 부장은 나와 잘 맞는 사람과 매칭을 해준다며 일단 기다려보라고 했다. 며칠 후 매칭남 신상에 관한 문자를 보내주었다. 자녀 둘이 있고, 내가 사는 곳과 그리 멀지 않은 곳에 사는 사람이었다. 약속 장소는 둘이 알아서 잡으라고 했다. 그날 밤에 나는 잠을 이룰 수 없었다.

'그 남자가 대머리에 배불뚝이 아저씨면 어쩌지? 애가 둘이라던데, 우리 아이들에게 못되게 굴면 어떡해? 남자아이면 우리 예쁜 딸한테 몹쓸 짓이라도 하지 않을까? 혹시 내 공부방에 지장이 가지는 않을까?'

하나에서 열까지 온갖 부정적인 상상들이 내 머릿속을 어지럽혔다. 만날 시간이 다가올수록 불안한 마음을 떨칠 수 없었다. 이제 겨우 안정을 찾아가는데 이 평화가 무너질 것만 같았다.

'만나기 전인데도 이렇게까지 불안한 것은 만나지 말라는 신의 계시야.'

나는 이렇게 혼자 단정 짓고 만나기 1시간 전에, 그 남자분에게 만나지 못하겠다고 문자로 통보했다. 그러자 돌싱 만남 주선 김 만남 부장에게서 전화가 왔다. 김 만남 부장은 다짜고짜 "이렇게 나오면 어쩌자는 거냐?", "그 상대방 남자분의 입장은 생각 안 하냐?" 등의 말을 퍼부었다.

"그분만 고객입니까? 저도 고객입니다. 제가 만나기 싫다는데, 왜 그러십니까?"

"그러면 그분한테 문자 보내지 말고 저한테 보내셔야죠. 제가 중간에서 뭐가 됩니까?"

"요점이 그거군요. 죄송합니다. 당사자끼리 알아서 하라고 해서 그렇게 했네요.”

내 돈 내고 혼나다니 어이가 없었다.

‘이 아저씨, 이름부터 바꿔야겠구먼. 김 만남이 아니라 김 결별로 말이야.’

나는 내 행동의 정당성을 합리화하느라 괜히 이름 트집을 잡았다.

‘내가 막내한테 더 잘하면 되지. 이상한 남자 만나서 마음고생하는 것보다는 낫잖아.’

나는 이 해프닝을 아무한테도 말하지 않고 비밀에 부치기로 했다. 아이의 문제에만 너무 함몰되어 가벼운 행동을 한 것 같아 나 자신이 부끄러웠다.

싱글맘의 사명

좋은 것을 누릴 때는 안 좋은 일이 일어날까 봐 두려워하고, 안 좋을 때는 좋은 일이 일어나기를 바라는 나의 이중성에 웃음이 났다. 하나님은 부모라는 이름으로 아이들을 돌보라는 사명을 주었다. 나는 그 거룩한 사명을 날마다 수행하는 것이다. 사랑하는 아이들이 내 옆에 있다는 것만으로도 얼마나 감사한 일인가? 존재만으로도 빛나는 소중한 아이들을 위해 지금까지 해왔던 것처럼 든든한 울타리가 되어주자.

“내 삶의 에너지와 엔도르핀이 되어주는 아이들, 고맙고 사랑해!”

이혼이 내 이야기가
될 줄이야

이혼은 누구에게나 어렵다

처음부터 이혼을 생각하고 결혼을 생각하는 부부는 없다. 나 역시 행복하고 달콤한 신혼의 꿈을 꾸었다. 이혼한 지 올해로 20년이라는 세월이 흘렀다. 20년 전 5살, 8살이었던 두 딸은 이제 어엿한 20대 성인이 되었고, 나는 중년의 나이로 접어들었다. 그 당시 나에게 닥친 이혼은 당황, 두려움, 창피, 분노 그 자체였다. 내가 왜 그런 상황에 처했는지 이해하기 힘들었다. 모든 것이 남편의 잘못이었고, 나는 피해자라고만 생각했다. 대한민국의 평범한 가족을 이루고 있던 내가 한순간에 두 아이를 책임지는 결손가정의 가장이 되었다.

행복한 결혼생활을 꿈꾸었던 나에게, 이혼이라는 현실 앞에서 남편과의 인연은 악연으로 전락하고 말았다. 이혼 후에도 제대로 양육비를 지원하지 않는 남편을 원망하며 살았다. 나는 사회적으로 약자는 아니었지만, 정신적으로는 스스로 약자라고 생각하며 위축된 삶을 살았다. 내가 맞닥뜨려야 했던 사회에서는 한부모 가정에 대한 배려가 없었다.

이혼 가정의 증가로 관심을 기울여야 한다는 언론의 보도가 이어졌지만, 실질적인 혜택은 받아보지 못했다. 어쩌면 나 스스로 이혼 가정에 대한 혜택과 도움을 거부했을지도 모르겠다. 도움을 받는 게 자존심이 상했고 창피해서였다. 당당히 이혼녀라는 사실을 커밍아웃하고 TV 출연을 통해 당당하게 일상을 공개하는 요즘 트렌드와 나는 거리가 멀었다.

싱글맘으로서 괴로운 날들의 연속이었지만 엄마로서 책임을 다하려고 노력했다. 내 소중한 아이들에게 아빠의 부재에 대한 결핍을 주지 않으려고 고군분투했다. 친구 같은 엄마, 다정한 엄마가 되려고 했다. 때때로 삶의 무게에 짓눌려 욱할 때도 있었지만, 나름 잘 버텨냈다. 여자는 약하지만, 엄마는 강하다고 하지 않았는가?

이혼을 겪은 내가 하는 현실적 조언

나는 협의이혼을 했다. 아무리 남편에게 정이 없더라도 우리 아이들의 아빠라는 사실을 부정할 수는 없었다. 법정에서 '나 잘났다, 너 못났다' 아우성치며 물고 늘어지는 진흙탕 싸움은 피하고 싶었다. 서로에 대한 감정의 폭발이 일어난 상태에서 이성적인 판단은 어렵다. 아이 둘과 함께 살 수 있는 거주지는 필요했기에 거주 비용에 대해 구두로 합의했다. 최소한의 거주비만 받고, 기존 집에서 나와, 경기도 한 지역에 새로운 터전을 마련했다.

아이들과 함께 살면서 몇 년간은 피해의식에 사로잡혀 있었다. 나만 불행하고 나만 희생하는 것 같았다. 한부모 가정이라는 현실에 비관하며 나 자신을 학대하고 괴롭히며 살았다. 상처받는 게 두려워서 친정 식구들에게조차 어려움을 터놓지 못했다. 스스로 고립을 자처했다. 모든 것을 혼자 견디며 무거운 짐을 짊어지며 살아왔다.

그 당시의 힘들었던 마음을 지금에야 담담히 글로 남기고 있지만, 다시는 생각하고 싶지 않은 기억이기도 하다. 갈등의 원인이 누구에게 있든 간에, 소통의 부재와 여러 가지 요인에 의해 남남이 되었다. 30대의 혈기는 사그라졌고, 지천명의 나이인 50대가 되었다. 말 그대로 하늘의 명을 깨닫는 나이에 이르렀다.

만약 이혼을 눈앞에 두고 있거나 이혼한 상태에서 앞으로의 삶이 불안하고 힘든 분들이 있다면 이렇게 말해주고 싶다.

"그냥 현재 상황을 그대로 받아들이세요. 어떤 어려움도 시간이 지나면 추억이 되기 마련입니다. 어떤 고난은 새로운 삶의 기회와 반전으로 다가오기도 합니다. 어깨의 짐을 조금만 내려놓으시고 주변에 도움을 요청하세요. 혼자 짊어지려고 하지 마세요. 살아내야 하잖아요."

현실과 싸우며
바닥 치는 자존감

싱글맘 영업사원의 비애

영어 공부방이 자리 잡기 전에 나는 임시로 정수기 영업사원으로 들어간 적이 있었다. 하루에 몇 시간만 자유롭게 일해도 되는 조건이어서, 어린 두 딸을 돌봐야 하는 내게는 괜찮아 보였다. 점심도 준다고 하니, '일단 들어가서 분위기만 파악하고 나와야지' 생각하고 면접을 보러 갔다.

그런데 면접이랄 것도 없이 바로 그날부터 신입사원 교육에 들어가는 바람에 얼떨결에 시작하고 말았다. 가망 고객을 수첩에 빼곡히 적어놓고 TM(전화상담)하는 법부터 배웠다. 우리 팀은 나보다 어려 보이는 남자 팀장의 인솔하에 움직였다. 점심시간이 되자, 팀원들과 함께 점심

밥을 먹으러 갔다. 팀장이 밥값을 내주니 점심값은 아낄 수 있었다.

가망고객을 찾아 영업해야 하니 일단 예전에 함께 일했던 동료를 찾아갔다. 남에게 아쉬운 소리를 못 하는 성격이어서 차마 입이 떨어지지 않을 것 같아, 건물 앞까지 갔다가 돌아오기도 했다. 그러다가 내 부탁을 들어줄 것 같은 마음 착한 고향 선배에게까지 전화를 돌렸다. 그러자, 그 선배가 아는 하청 업체를 소개해주어 정수기 렌탈 한 건수를 올릴 수 있었다.

한 건수 올릴 때마다 영업사원들 앞에 나가 한 줄로 서서 박수를 받았다. TM에 어느 정도 익숙해지자 친구, 동료, 선후배에게도 용기를 내어 연락해보았다. 열에 아홉은 나중에 생각해보겠다고 하거나, 바쁘다는 핑계를 댔다. 자꾸 거절을 받다 보니, 전화 거는 게 꺼려졌다.

일주일에 세 번 출근할 때마다 오늘은 또 누구를 찾아가야 하나 생각하며, 무거운 발길을 옮겼다. 회사에서는 그날 목표 달성의 구호를 외치고 나에게 압박을 가했다. 나는 큰마음을 먹고 예전 회사의 동료를 찾아갔다. 나와 친하게 지냈던 동료들은 정수기, 비데기 등의 이야기를 꺼내자마자 표정이 확 달라지더니, "아니, 왜 이런 일을 하세요?"라고 하거나 "제품 설명서 놓고 가요. 생각해볼게요"라며 바쁜 척했다. 뒤통수에 꽂히는 싸늘한 시선을 느끼며 나는 황급히 나오는 수밖에 없었다.

아무 실적 없이 들어갈 수 없어서, 나는 영어 학원을 차린 다른 동료를 찾아갔다. 일단 들이대보자고 마음먹고 숨을 크게 내쉬며 학원 안으로 들어갔다. 동료 원장님에게 안부를 묻고, 제품 목록을 꺼내어 제품을 설명했다. 그러자, 그녀는 공기 청정기를 선뜻 구매하겠다고 했다. 나는 너무나 고마워, 동료의 손을 잡으며 눈물을 글썽였다.

그 밖에도 비데기 렌탈, 연수기 등 소소한 실적을 올리기도 했다. 가끔 행운이 따라 주어, 이런 식의 판매 실적을 올리기도 했지만, 날마다 구매 실적을 올리는 데에는 한계를 느꼈다. 팀장이 되자, 팀원들의 밥값도 책임져야 했다. 처음 입사할 때 얻어먹은 점심은 이제 내 몫이 되었다.

팀 실적의 압박을 견디지 못해, 나는 급기야 정수기 한 대와 비데기 하나를 우리 집에 들여놓고 말았다. 실적을 위해서 어쩔 수 없는 선택이었다. 가족에게는 절대로 영업하지 않으리라 마음을 먹었다. 하지만 윗선들의 압박을 견디지 못해, 올케언니에게 부탁할 수밖에 없었다. 시누이인 나의 부탁을 거절하는 게 쉽지 않았을 것이다. 나는 그렇게 부끄러운 실적을 올렸다.

같은 교회에 다니는 교인들에게도 정수기 영업을 했지만, 단 하나의 건수도 올리지 못했다. 나를 교회로 인도한 집사님마저도 내 부탁을 단칼에 잘라냈다. 나중에 안 일이지만, 예전에 한 교인이 정수기 영업을 했었기에 정수기 영업에 대한 감정이 좋지 않은 상황이었다.

회사의 압박은 점점 심해졌고, 나는 그 압박을 견디지 못할 지경이 되었다. 팀장들을 따로 불러내어, 실적 운운하며 큰소리로 다그쳤다. 나는 팀원들에게 없는 돈에 점심도 사 먹여야 했다. 나이가 지긋한 한 팀원은 회사에서 구매한 물건이 집에 쌓여간다고 하소연했다. 그분은 은퇴 전에 대기업 중견 간부까지 지낸 분이었다.

어느 날, 나의 직속 부장이 나를 불렀다. 실적이 너무 형편없다며 큰소리로 나를 몰아세웠다. 막내가 아파 병간호하느라 제대로 영업하러 다니지 못했다고 해도 막무가내였다. 당시 막내는 천식을 심하게 앓았다. 유치원 결석까지 한 아픈 아이를 두고 나다닐 수는 없는 노릇이었다.

그러자 부장님은 팀원들에게 집 안에 물건을 사들이도록 말하라고 했다. 물건이 좋은지 알려면 그만큼 경험해봐야 한다는 논리였다. 나는 차마 그럴 수는 없었다. 팀원들 집에 이미 물건들이 쌓여 있음을 아는 터였다. 나 역시 계속 강매를 당할 게 틀림없었다. 회사 배 불리려고 개인의 희생을 강요하다니 너무 화가 나고 어이가 없었다. 더 다니고 싶은 마음이 없어졌다.

그렇게 나는 사표를 냈다. 팀원들에게도 실적을 위해 집에 물건을 사들이지 말고, 되도록 다른 일을 알아보라고 권유했다. 어차피 임시로 다니기로 한 회사니, 미련이 없었다. 몇 달간의 영업사원 경험으로, '정말로 필요할 때 도와주는 사람이 나에게도 있구나'라는 사실을 알게 되었다.

나는 이혼 후, 한동안 친정집에 가는 게 두려웠다. 부모님께 죄송했다. 아이들이 아직 어려서 엄하신 아버지에게 실수라도 하면 그 불씨가 나에게 떨어질 것만 같았다. 이혼녀라는 딱지에 스스로 갇혀, 양지의 세계로 나가지 못했다. 친정에서 오지 말라고 한 게 아닌데, 괜히 마음이 불편했다.

명절 때가 되면, 갈 데가 없어서 적적한 마음이 드는 것은 어쩔 수 없었다. 나는 일부러 명절 분위기를 내기 위해 떡, 과일, 고기, 나물 등을 잔뜩 사 왔다. 그리고 전, 잡채, 산적, 나물무침 등 갖가지 명절 음식을 만들었다. 고향에 가지 못한 고향 후배들을 불러 시끌벅적한 분위기를 연출했다. 우리 아이들은 고향에 가지는 못했지만, 아쉬운 대로 나의 고향 지인들과 게임도 하고 맛난 음식도 먹으며 즐겁게 시간을 보냈다.

아마 나는 그 당시 이혼이라는 굴레를 받아들이지 못하고 세상에 방어벽을 쳤던 것 같다. 가장 가까운 친정 식구들에게 있는 그대로의 나를 드러내지 못하고 연락을 피하며 살았다. 이런 나의 태도가 아이들에게까지 영향을 미치지 않았을까? 사춘기 방황의 절정을 앓고 있는 막내로 인해, 다시 고향으로 내려가 살기로 했다. 그런 내게 "애가 그런 것은 부모 탓이다"라는 친정 식구의 비수와 같은 말이 들렸다. 나도 안다. 하지만 알기 때문에 이런 말을 가족으로부터 확인 사살처럼 듣는게 더 힘들게 와 닿았다. 그래서 최대한 친정 식구와의 접촉을 피해왔다. 내 마음을 들키고 싶지 않았다.

잘 사는 모습만을 보여주고 싶었다. '아이가 어긋난 게 나의 잘못된 이혼 결정 때문이 아닌가' 하고 마음속에서 끝없이 자책하고 괴로워했다. 내가 낳고 기른 사랑하는 자식의 비행이 나로부터 일어났다는 것을 아는 부모의 마음이 어떤지 상상이나 해보았을까?

'나의 괴로운 심정을 솔직히 드러내고 식구들의 이해를 받았으면 어땠을까?' 하는 생각이 든다. 이미 엎질러진 물을 주워 담으려고 쓸데없는 에너지를 쏟을 게 아니라, '내 감정을 있는 그대로 표현하고 차라리 도움을 요청했으면 좋지 않았을까?' 그랬으면 그런 쓴소리를 들어도 담담하게 받아들이고 감정의 굴레에서 벗어나 마음을 편히 가질 수 있었으리라 생각한다. 그리고 다음과 같이 한마디 덧붙였을 것 같다.

"지금은 누구의 잘잘못을 따질 때가 아니다. 그냥 있는 그대로의 상황을 인정해주고, '힘들지?'라는 말 한마디면 된다"라고.

나만 느끼는 주위의 따가운 시선들

이혼 후 느끼게 되는 가장 첫 번째는 관계의 단절이다. 시댁과의 관계 단절, 부부 모임의 단절, 친정 식구들과의 단절, 내가 스스로 선택한 단절 등. 영어 원장들과의 모임에서도, 남편 이야기, 아이들 이야기가 나오면 나는 입을 달을 수밖에 없었다. 아주머니들 수다의 화제는 당연히 남편, 아이들이다. 그러다 보니 불편한 마음에 핑계를 대고 모임에 나가지 않았다.

첫째 딸은 워낙 교회 활동을 열심히 해서, 한부모 가족, 양부모 가족 상관없이 두루두루 잘 사귀는 것처럼 보였다. 그런데 둘째 딸의 경우, 거의 한부모 가족 친구들이었다. 둘째 딸의 가장 친한 친구는 아빠와 조부모와 함께 사는 한부모 가족이었다.

막내도 나와 같은 심정이라고 생각하니 가엽고 안쓰러운 마음이 들었다. 자기와 비슷한 처지의 친구를 가려서 사귀는 마음 안에는 자기방어라는 무기가 숨어 있을 것이다. 아빠의 부재라는 결핍의 마음도 숨어 있으리라. 마치 내가 남편의 부재로 자유롭게 모임에 나가지 못하는 것과 같은 심정일 것이다.

이혼 초기에, 내 마음의 스펙트럼 안에는 싱글맘이라는 시선으로 바라본 나만의 세계관이 자리를 잡고 있었을지도 모른다. 한부모 가정이라는 내 처지와 온전한 가정을 비교해 비생산적이고 지혜롭지 못한 의식을 만들어냈다. 나는 세상이 나를 단절한 게 아니라, 내 마음의 스펙트럼이 나를 세상과 단절시킨 거라는 것을 나중에 깨달았다. 나는 내가 만든 마음의 감옥 안에 스스로 갇혀 있었다. 한 발자국만 나가면 세상인데, 나는 내 안에서 웅크리고만 있었다.

이혼 후 20년이 지난 지금, 나는 타인과의 비교 의식에서 벗어나 나만의 자유로운 방식으로 삶을 살아가고 있다. 남들과 비교하는 대신, 과거의 나보다 더 나은 현재의 나를 의식하는 생산적인 삶을 살고 있다. 또한, 내가 가진 장점에 집중하며, '최선의 나'를 추구하며 살아가고 있다.

작가라는 스펙트럼으로 세상을 바라보면 삶의 모든 순간이 문장이다. 삶에서 중요한 것은, 바로 '나'다. '나'라는 주어로 삶이라는 문장에 생명을 불어넣어 보자. 멋지지 않은가?

5 • • •

싱글맘에게
가정의 달 5월은 힘들다

5월은 가정의 달이다. 어린이날을 비롯해 어버이날, 스승의 날이 연이어 있다. 싱글맘인 나에게 이런 5월은 마냥 좋지만은 않다. 아니, 불편하다고 해야 맞는 표현인 것 같다. 이혼 후 첫 번째로 맞이하는 어린이날이 기억난다. 이혼한 지 3개월이 채 지나지 않은 시점에서 찾아온 어린이날 즈음, 나는 생존이라는 문제를 해결해야 했기에 마음의 여유가 없었다. 요즘 말하는 'N잡러'인 나는 눈코 뜰 사이 없이 바쁘게 살았다. 하지만 마음 한구석에 8살, 5살 두 아이와 어린이날 뭘 해야 할지 고민이 많았다.

그러던 중, 교회 집사님이 어린이날에 자기 가족들과 함께 인근의 식물원에 가자고 했다. 집사님은 우리 막내딸과 같은 유치원에 다니는 딸 친구 엄마이기도 했다. 나는 그 제안이 너무나 고마웠다. 우리 아이들이 또래 친구들과 어울려 놀 수 있다는 게 얼마나 다행인가?

어린이날, 나는 새벽같이 일어나, 형형색색의 김밥을 정성껏 쌌다. 네 명의 어린이들을 위해서는 토끼 모양, 하트 모양의 예쁜 주먹밥을 만들었다. 음식 냄새를 맡고 일어난 우리 아이들은 먹음직스럽고 예쁘게 장식된 음식들을 보고 환호성을 질렀다.

얼마만의 외출일까? 싱그럽게 반짝이는 5월의 하늘을 보며, 우리는 차를 타고 식물원으로 향했다. 우리 아이들도 친구들과 놀 생각에 들떴는지 재잘거리며, 신나게 노래도 불렀다.

아이들은 풀어놓은 망아지마냥 신나서 이리저리 뛰어다녔다. 뭐가 그리 재미있는지 서로의 말 한마디에 까르르 웃어댔다. 점심시간이 되자 풀밭에 돗자리를 깔아놓고 준비한 음식을 먹었다. 집사님은 갖가지 과일과 간식을 내놓았다. 내가 만든 동물 모양의 주먹밥은 아이들에게 인기 만점이었다. 파릇파릇하게 피어난 풀, 나무들과 꽃들만큼 우리들의 마음도 활짝 피어나는 듯 보였다.

저녁이 되자, 집사님은 식당에서 저녁식사를 함께하자고 했다. 두 가족은 분위기 좋은 한 식당에서 맛있는 만찬을 즐겼다. 나도, 아이들도 오랜만에 느껴보는 따뜻하고 기분 좋은 식사 시간이었다.

나와 아이들은 그동안 인간 냄새를 그리워했나 보다. 온종일 자연과 더불어 뛰어놀고, 웃고 떠들며 시간을 보내니 어느새 몸과 마음이 치유되는 것 같았다. 집사님은 그 후로도 두 자녀를 내 영어 공부방에 맡기고, 다른 아이들도 꽤 많이 소개해주었다. 한부모 가정이라는 어떤 편견도 없이 나를 한 인간으로 대해주었던 그분이 새삼 그립다.

어버이날에 우리 아이들은 내게 손 편지와 색종이로 만든 꽃을 선물했다. 비뚤비뚤한 글씨로 '키워주셔서 감사하다'는 사랑의 메시지를 전했다. 아이들이 그린 그림에는 엄마와 두 자매가 손잡고 웃는 모습이 그려져 있었다.

나는 이혼 후 1년간은 친정에 거의 연락을 취하지 않았다. 어버이날에도 '다른 형제자매가 있으니 어련히 알아서 잘하겠지' 하고 전화조차 하지 않았다. 특히 엄마는 나를 향한 걱정과 한숨의 소리로 일관할 게 틀림이 없었다.

나는 육 남매 중에서 엄마와 제일 닮았다. 마른 몸과 가는 손가락, 발가락까지 닮았다. 엄마는 엄하고 융통성 없는 아버지와는 달리 천사처럼 선하고 순둥순둥하셨다. 엄마에게 나는 아픈 손가락이다. 한순간에 두 아이를 책임져야 하는 싱글맘이 된 나를 엄마는 늘 안타까운 마음으로 바라보셨으리라.

나는 영어 공부방이 어느 정도 안정을 찾고 나서야 친정집에 연락했다. 일부러 씩씩하고 밝은 목소리로 당신 둘째 딸의 건재함을 알렸다. 그 후로는 어버이날마다 용돈을 보내거나 선물을 보내드렸다. 엄마는 존재 그 자체만으로도 든든한 버팀목과 같다. 지방에 사셔서 자주 내려가지는 못하지만, 어쩌다 내려가면 새벽같이 일어나셔서 딸을 위해 밥을 지으시고 내가 좋아하는 고등어구이를 구워놓으신다.

막내딸의 극심한 사춘기 방황으로 제주도에 내려가서 사는 동안에, 엄마는 손녀딸보다 내 걱정을 먼저 하셨다. 외벌이 하는 나를 위해 마당발인 사촌 언니에게 영어 과외 자리를 부탁하는 등 든든한 지원군이 되어주셨다. 당시 엄마는 오일장에서 채소 장사를 하셨다. 나는 엄마가 장사가 파할 때쯤 오일장에 가서 뒷정리를 함께하고 집에 모셔다드렸다.

엄마는 내가 안쓰러우신지 장사로 번 꼬깃꼬깃해진 만 원짜리 몇 장을 내 호주머니에 찔러 주셨다. 나는 엄마가 고생해서 번 돈을 받지 않겠다고 손사래를 쳤다. 엄마는 나중에 배로 갚으라며 기어코 내 손에 쥐여 주셨다.

지금 엄마는 암 수술 후유증과 허리 협착증으로 거동조차 잘 못 하신다. 제주에 내려가면 이제 내가 아침 일찍 일어나 밥을 짓는다. 나는 엄마 옆에 꼭 붙어서 말동무도 하고, 이발도 해드리고 목욕도 시켜드린다. 엄마 닮은 예쁜 꽃을 꺾어다 화병에 꽂아두면 소녀처럼 미소를 지으신다.

5월이 되어 내가 우울해진 이유는 내 가정을 다른 가정과 비교하는 마음을 가졌기 때문일 것이다. 이는 한부모 가정에 대한 자격지심에서 비롯되었을 것이다. 이제 나는 이런 자격지심에서 벗어나, 있는 그대로의 우리 가족을 인정하고 사랑하게 되었다. 5월은 더 이상 우울하거나 부담스러운 달이 아니다. 가정이라는 울타리에서 싱글맘인 나를 인정하게 되었다.

5월이 되면, 교회 목사님은 대부분 가정에 대해 설교를 한다. 행복하고 안정된 가정을 위해 서로 노력하고 사랑해야 한다는 긍정적 메시지를 주로 전하신다. 하지만 이혼 가정이 늘면서 이혼 가정의 아이들이 사회적으로 문제가 많다는 주제를 전할 때도 있다. 학교폭력이나 사회적 문제의 주범이 마치 이혼 가정의 아이들인 양 한부모 자녀의 비행에 포커스가 맞춰질 때가 있다. 나는 이혼 초반에 한부모 가정이라는 내 처지와 환경에 기가 죽어 있었다. 이런 상태에서 이런 이야기를 들을 때마다, 사람들이 나를 지목해서 쳐다보는 것만 같아 좌불안석이었다. 아니, 쥐구멍에라도 숨고 싶었다.

차라리 한부모 가정을 여러 가지 가정 형태의 한 가지로 인정하고, 따뜻한 시선으로 바라봐야 한다는 식으로 이야기했으면 어땠을까? 또한 '이혼하지 않고 잘 사는 가정을 만드는 방법과 대화'라는 실질적인 이혼 방지 교육을 실시하는 것은 어떤가? 특정 가정의 형태를 언급하면서 사회의 악인 것처럼 말하면, 그 대상인 나와 두 딸은 한부모 가정이라는 이유로 사회에 악을 가하는 가해자라는 말이다. 그러면 당연히 죄의식이 들고 아이들은 불안해하지 않겠는가?

1시간 내내 한부모 가정의 폐해에 대한 설교를 듣고 있자니, 당장 자리를 박차고 나가고 싶었다. 이혼하지 않고 가정을 지키며, 행복하게 잘 살고 싶지 않은 사람은 세상에 없다. 어떤 피치 못할 사정으로 한부모 가정이 되어버린 입장에서는 살아갈 길이 막막하고 힘들다. 세상의 빛이 완전히 차단된 느낌이 들 때도 있다.

제발, 겪어보지 않았으면 함부로 말을 하지 말았으면 한다.

자발적 혼자의 힘

나는 이혼 직후 생존이라는 현실에 혼자 맞닥뜨려야 했다. 그래서 다른 것은 생각할 여유가 없었다. 혼자 아이들을 먹여 살리느라 바둥거렸다. 어느 정도 경제적으로 안정이 되자 혼자 있는 시간이 편하다는 것을 느끼게 되었다. 예전에는 자의가 아닌 상황에 의한 혼자였다면, 지금은 자발적인 혼자의 시간을 보낸다.

사이토 다카시(齊藤孝)는 《혼자 있는 시간의 힘》에서 "예술가들이 정신적으로 강한 것은, 고독의 힘을 스스로 만들기 때문이다. 즉, 인간의 강인함은 단독자가 될 수 있느냐 없느냐에 달렸다"라고 말한다. 혼자가되면 주변 눈치 보지 않고 자기만의 기준으로 생각하고 결정한다. 또한내가 하고자 하는 것에 에너지를 집중할 수 있다.

나는 혼자만의 시간에 책을 읽으면서 지식과 지혜를 익히려고 노력한다. 치열하게 도전하고, 어려움을 헤쳐나간 승리자들의 삶을 배운다. 때때로 실의에 빠질 때, 책에서 내미는 따뜻한 손길을 잡으며 다시 힘을 얻기도 한다. 책을 읽으면서, 나는 읽기에서 끝나지 않고, 쓰고 싶다는 소망이 생겼다.

나는 오늘 아침에도 눈을 뜨자마자 "나는 날마다 모든 면에서 점점 더 좋아지고 있다"를 스무 번 중얼거렸다. 책을 쓰려면 체력이 있어야 하니, 아침마다 운동 루틴을 만들어 실행한다. 운동하면서 네빌 고다드(Neville Goddard)의 책에서처럼 "감사합니다. 고맙습니다"를 되뇐다. 자기 전, 개인 노트에 오늘 하루 있었던 일 중에서 감사한 일 다섯 가지를 내려가며 진심으로 감사를 느낀다.

오늘도 자발적으로 혼자 있는 시간을 즐기는 내가 좋다. 글을 쓰면서 생각이 정리되고 마음 근육이 단단해짐을 느낀다.

나를 지키는 사람은
나밖에 없다

나를 낙인찍는 사람은 바로 나 자신이었다

요즘 가정의 형태를 보면, 한부모 가정, 양부모 가정 외에도 비혼, 독신, 동거, 1인 가구, 입양 등 다양하게 바뀌어가고 있다. 그래서 한부모 가정도 하나의 가족 형태로 인식되는 분위기다. 얼마 전까지도 우리 사회에서는 일반적으로 결혼이라는 제도로 출산까지 이루어져야 정상적인 가정의 모습으로 여겼다.

하지만 결혼, 출산으로 구성된 가정 외에도 점차 다양한 형태로 이루어진 가정이 등장하고 있다. 국내에서 활동 중인 일본인 방송인 사유리(藤田小百合)는 정자 기증을 통해 아들 '젠'을 출산해 양육하고 있다. 방송 연예 프로그램인 〈나 혼자 산다〉에서는 혼자 사는 독신 남녀 연예인들의 일상을 밀도 있게 담고 있다.

이에 따라, 전문가들은 '개인화' 사회에서 보편적이고, 평등하게 보장할 수 있는 사회보장 및 재구조화가 필요하다고 목소리를 높이고 있다. 또한 민법의 가족 규정 형태(결혼, 출산의 혈연관계 형태) 삭제, 법률혼 이외의 대안적 관계 인정, 가족의 다양성을 반영한 정책 지원 근거 강화를 제안하고 있다.

내가 20년 전 이혼할 무렵, 이혼 남녀에 대한 분위기나 인식은 현재와 매우 달랐다. 내 지인 중에 이혼한 경우는 드물었다. 그래서 더더욱 나는 고립감과 패배 의식에 사로잡혀 있었다. 살아갈 자신감마저 잃었다. 세상이 나를 향해 돌팔매질하는 것만 같았다.

그때 우연히 잡은 책 한 권이 나를 살렸다. 바로 조성희 작가의 《더 플러스》라는 책이었다. 나는 그 책을 통해, 내 잠재의식 안에 앞으로 나아가지 못하게 막는 부정적인 감정들을 쌓아놓고 있다는 사실을 깨달았다. 내가 어떤 것을 믿고 확신할 때, 우주에 정확한 메시지를 보낸다고 저자는 말한다.

그렇다. 나는 나 자신을 패배자라고 규정했다. 우주에 끊임없이 패배자라는 메시지를 보낸 것이다. 내 세상은 내가 만든 것이다. 그 누구도 나를 이혼녀 돌싱맘으로 단죄하지 않았다.

어릴 때부터 형성된 습관들, 사고방식을 패러다임이라고 한다. 나는 나의 조건화된 부정적 패러다임에 지배당했고, 그 부정적 사고들이 나를 옭아매고 있었다. 또한 그 패러다임이 나의 사회적 관계, 재정적 생활 등 모든 것들을 통째로 장악하고 있었다.

우리 아버지는 아주 엄하셨다. 나는 대학생이 되어서도 집에 들어가면 언제 불호령이 떨어질지 몰라 불안에 떨었다. 그래서 최대한 밖에서 시간을 끌다가 집으로 들어가곤 했다. 아버지의 학대에 대한 피해의식이 결혼해서도 계속 내 잠재의식 안에 남아 있었다.

그러다 '브런치'라는 앱에서 글을 쓰면서 아버지에 대한 기억을 되살릴 기회가 있었다. 우리 아버지가 실은 가족에 대한 사랑이 그 누구보다 크셨다는 것을 알게 되었다. 다만 아버지는 가족에게 감정 표현이 서툴렀다. 잘못된 투자로 집안이 완전히 망했는데도 아버지는 빚을 내가며 우리 육 남매를 최고의 교육환경에서 키워내셨다.

중학교 3학년 시절, 나는 반 부회장이었기에 아버지가 학부모 임원회의에 참석한 일이 있었다. 그 당시에는 선생님께 촌지를 주는 게 당연한 관례였다. 이런 관례를 모르셨던 아버지는 빈손으로 갔다가 다음날 내 편으로 돈봉투를 보내달라는 선생님의 요구를 전해 들었다. 나는당연히 화를 내시며 거절할 줄 알았다. 그런데 아버지는 딸 덕분에 임원 회의에 가서 청일점 대표로 회의를 주관하셨다며 허허 웃으셨다. 그리고 내 손에 돈봉투를 쥐어주셨다.

나는 무섭고 엄하신 아버지의 이미지만 기억 속에 저장해두고 있었다. 아버지께 사랑받는 둘째 딸이었다는 사실을 나중에야 깨달았다. 기억의 왜곡을 바로잡아 마음속의 응어리를 풀어내면 관계가 회복된다. 매일 천국으로 살아갈지, 지옥으로 살아갈지는 내가 선택하는 것이다.

상투적인 말이지만, 시간이 지나면 상처는 아물게 되어 있다. 시간의 미학, 기다림의 미학이라는 말이 그냥 존재하는 게 아니다. 남자친구와 헤어질 당시에는 당장이라도 죽을 것처럼 마음이 아프지만, 시간이 지나면 상처가 아물고 또 다른 사랑이 찾아온다.

나는 남편과 이혼하고 새로운 보금자리에 입주 후, 일주일 동안 아무 음식도 입에 대지 못했다. 아무 감정이 없는 로봇처럼 첫째 아이를 입학시키고, 둘째 아이를 유치원에 보냈다. 그러고는 집에서 온종일 시체처럼 드러누워 있었다. 나는 바깥세상과 완전히 차단된 채 어둠 속에 웅크리고 있었다. 아이들에게 밥을 차려주고, 나는 밥 한술도 입에 대지 않고 나 자신을 가학했다.

어떤 날은 애들이 잠든 사이, 소주병을 들고 노래방에 가서 목이 터져라 노래를 부르기도 했다. 노래가 아니라 분노에 찬 절규에 가까웠다. 그러고는 병째로 술을 마시며, 소리 내어 울었다.

집에서 시체처럼 누워 있던 어느 날, 초인종 소리에 반사적으로 몸을 일으켜 문을 열어주었다. 보통은 문을 열지 않는데, 그날따라 무슨 생각에서 그랬는지 모르겠다. 교회의 한 집사분이 전도하다가 우리 집 초인종을 누른 것이다. 내 꼴을 보더니, 심상치 않음을 느꼈는지 다짜고짜 내 손을 잡고 기도를 해주었다. 얼떨결에 나도 눈을 감고 '아멘'을 외쳤다. 그 집사님에게 안도감을 느낀 나는, 새로 이사 와서 낯설고 힘든 심정을 토로했다. 이야기를 나누다 보니 집사님의 큰딸이 우리 큰딸과 같은 8살이었다. 그 주 일요일, 아이들과 함께 교회로 향하며, 비로소 나는 바깥세상으로 나왔다.

그 교회 목사님을 처음 뵙는 날, 가족에 관해 이야기하면서, 나는 완전히 무너져 내렸다. 그동안 억눌렸던 감정이 폭발해 눈물을 폭포수처럼 흘렸다. 그 순간, 억압되어 있었던 감정의 찌꺼기들이 녹아내려, 마음이 정화되는 것을 느꼈다. 우리 애들에게도 또래의 새로운 친구들이 생겼다.

나는 다시 음식을 입에 대고 원기를 찾았다. 그리고 두 아이를 데리고 살아나갈 궁리를 하기 시작했다. 그리고 나의 전공을 살려 아이들을 돌보면서, 집에서 영어 공부방을 운영하기로 결심했다. 열심히 노력한 끝에, 1년 반 만에 영어 공부방이 자리 잡을 수 있었다.

예수님은 《성경》의 '마태복음' 6장 25절과 26절에서 "목숨을 위하여 무엇을 먹을까 무엇을 마실까 몸을 위하여 무엇을 입을까 염려하지 말라. 목숨이 음식보다 중하지 아니하며 몸이 의복보다 중하지 아니하냐. 공중의 새를 보라. 심지도 않고 거두지도 않고 창고에 모아들이지도 아니하되 너희 하늘 아버지께서 기르시나니 너희는 이것들보다 귀하지 아니하냐"라고 말씀하셨다.

걱정과 근심이 우리를 병들게 한다. 그러니, 걱정하는 시간에 그냥 무엇이라도 스텝을 밟고 시작하라. 지금 하는 일에 몰두하고, 즐기자. 그 누구보다 자신을 믿어보자. 왜냐하면 나는 가장 강력한 내 편이기 때문이다.

나를 단단하게 하는 방법

아인슈타인(Einstein)은 인간의 태도에 대해서 이렇게 조언한다.

"나약한 태도는 성격도 나약하게 만든다. 창조는 대단한 게 아니다. 당신의 태도가 곧 당신의 창조력이다."

창조는 생각할 줄 아는 인간이라면 할 수 있는 일이다. 제대로 정신만 차리고 있으면 몸은 그냥 따라오게 되어 있다. 내가 할 수 없다고 생각하면 몸이 알아차리고 한 발자국도 나아갈 수 없다. 할 수 있다고 생각하는 순간, 내 몸은 자동으로 움직이기 시작한다.

그럼 이 생각하는 힘은 어떻게 키울까? 긍정의 태도는 어떻게 발현될까? 나는 책을 읽은 후, 그냥 덮어버리고 끝내는 게 아니라 한 가지에 대해 질문하고 대답하는 과정을 거쳤다. 그리고 바로 행동으로 옮겼다. 예를 들어,《혼자 있는 시간의 힘》이라는 책을 읽고, '내가 혼자 있는 시간을 잘 활용하려면 어떻게 해야 할까?'라는 질문에 대한 답을 글로 정리한다. 버리는 시간이 없도록 시간을 짜보고, 행동으로 옮겨본다.

나는 작가가 되는 방법에 관한 책을 읽었다. 그리고 '작가가 되는 방법이 뭘까?'라고 자신에게 질문을 던졌다. 그 질문에 대한 답을 역시 글로 써보았다. 그리고 실행에 옮겼다. 일단 내 블로그 안에 '나는 대작가다'라는 카테고리를 추가한 후, 내가 살아온 스토리를 비공개로 적어보았다. 그리고 브런치 작가에 응모해 글을 적었다.

어느 날, 도서관에서 김태광 저자의 《가장 빨리 작가 되는 법》이라는 책을 읽게 되었다. 단숨에 읽어 내려갔다. 3~4개월 안에 초고 완성과 책 출간을 할 수 있다는 믿기지 않는 내용이었다. 여러 명의 실사례도 담겨 있었다. 저자의 전화번호도 떡하니 쓰여 있었다. 나의 장점 중 하나는 실행력이 빠르다는 것이다. 망설임 없이 연락했고, '한책협'과 인연을 맺게 되었다.

책 쓰기 초보인 나에게 '한책협'의 책 쓰기 5주 과정은 내가 책을 쓸 수 있도록 날개가 되어주었다. 책 쓰기 꿈맥 작가들의 응원과 격려도 혼자만의 외로운 글쓰기에 큰 자극제가 된 것은 물론이다.

생각과 태도가 몸을 움직이도록 한다. 작가가 되고 싶다는 생각이 내 엉덩이를 의자에 앉혔고, 손가락을 움직여 키보드를 치게 한다. 그렇다. 생각의 힘은 생각으로 키워진다. 근육의 힘이 몸을 움직이는 운동으로 키워지듯이 말이다.

'나는 지금 제대로 된 삶을 살고 있는가?'

생각이 내 언어를 만들고, 언어가 나를 만들고, 그리고 내 행동을 만든다. 단단한 생각이 나를 단단하게 하는 것이다.

7 • • •

불안한 감정에
번호를 매겨보자

과거의 나를 놓아 보내기

마이클 싱어(michael A. Singer)의 《상처받지 않는 영혼》에서는 '내면의 자유를 위한 놓아 보내기 연습'에 대해 언급하고 있다. 예를 들어, 내가 여태껏 붙들고 있던 10살 때의 기억을 발견해본다고 하자. 나는 그 것에 관한 모든 기억을 끌어모아 그것이 나라고 주장할 것이다. 하지만 나는 그 사건들이 아니라 그 사건을 경험한 사람이다. 그리고 그것은 내 마음속에서 자아내고 있는 그릇된 자아이며, 뒤로 숨기 위한 자아관념의 덩어리일 뿐이다.

그 사건과 생각에 연루시켜 자신을 정의하기를 멈추고, 그것이 왔다가 가도록 그냥 내버려두어야 한다고 저자는 말한다. 그것이 내면에 각인되도록 내버려두지 마라. 과거에 타인이 한 말이나 행동이 나를 힘들게 했을지라도, 나는 그 말이나 행동에 의해 정의된 사람이 아니라는 것만 알아차리면 된다. 나는 나일 뿐이다. 그냥 나로 살아가면 된다.

나는 아버지의 무서움 이면에 숨어 있는 자식을 위한 희생과 사랑을 보았다. 제대로 교육받지 못한 자신의 한을 자식들을 통해 이루고 싶으셨던 아버지의 대리만족 욕구를 발견했다. 가난과 어려움 속에서도 끝까지 우리를 버리지 않고 키우셨던 부모님의 인고의 시간을 보았다. 힘든 와중에도 책을 읽으시고, 빈 종이에 풍경화를 그리시던 멋진 아버지를 보았다.

나는 그동안 둘째라는 나의 자아상을 오해해왔다. 언니와 막내인 동생 사이에서 끼인, 부모님 관심 밖의 존재였다고 생각해왔다. 그러다가 몇 년 전, 언니의 고백을 듣고 나의 자아상을 완전히 바꾸었다. 우리 부모님은 고향에서는 더 이상 비전이 없다고 판단하시고, 나와 동생만을 데리고 고향을 떠나셨다. 당시 언니는 초등학교에 다니고 있었고, 나와 동생은 미취학 상태였다.

언니는 졸지에 부모님과 떨어져 할머니와 살아야 했다. 언니는 그 당시에 부모님에게 버려졌다는 상실감과 외로움으로 마음속 상처가 컸다고 했다. 나는 생각지도 못한 언니의 고백에, 그동안 품어왔던 아웃사이더와 같았던 내 기억의 왜곡이 부끄러웠다. 사실, 기억 속의 나는 10살의 어린 나이에, 부모님을 도와 나보다 두 배는 큰 커다란 농약통 바닥을 기다란 막대기로 몇 시간 동안 저어야 했다. 농약통 안의 농약 알갱이가 바닥에 가라앉지 않도록 방지하기 위해서였다. 또한 부모님이 일하시는 동안, 나보다 어린 동생을 돌봐야만 했다.

반면 좋은 기억도 많다. 나는 귤 과수원을 마음껏 뛰어다니며, 봄에는 귤 향기에 취하고, 샛노랗게 익은 귤을 까서 입속에 넣었다. 귤 감별사가 된 것처럼 속살을 드러낸 과육을 톡톡 터뜨리며 맛을 음미했다. 등굣길에 끝없이 펼쳐진 코스모스 길을 지나며 꽃내음을 맡고, 꽃에 앉아 있는 벌들을 관찰하곤 했다. 세상의 온 천지가 내 놀이터였다. 냇가에서 개구리를 잡고, 과수원 내의 돌을 밀어내어 지네를 맨손으로 잡아 동네 슈퍼에서 엿으로 바꿔 먹었다.

저녁이 되면 집으로 돌아가 엄마가 차려준 저녁을 먹고, 밤이 되면 엄마의 숨결을 느끼며 새근새근 잠이 들었다. 내가 부모님이라는 둥지 안에서 평화로운 자유를 만끽하는 동안, 언니는 부모님과 떨어져 사는 설움과 상처를 겪었던 것이다. 언니의 관점에서 생각하고 글을 쓰면서 나는 비로소 내가 결코 끼인 샌드위치 같은 존재가 아니라는 것을 깨달았다.

예전에 화장실 문구에서 발견한 어느 글귀가 떠오른다. 그 글귀는 내게 울림을 주었다.

"사람들은 상처를 받았다고만 하고, 상처를 주었다고는 하지 않는다."

나는 나도 모르게 누군가에게 상처를 입히고, 그 사람에게 평생을 괴롭히는 기억을 심어주었을지도 모른다. 그러니, 상처라는 말을 나의 잣대로만 판단하고 나에게만 유리하게 적용하지 말자.

과거의 나를 놓아 보내면 홀가분하다. 더 이상 과거에 매몰되지 않고 현재의 나에 집중할 수 있다. 이혼녀, 싱글맘이라는 나 자신의 각인으로 위축되었던 나를 놓아주고, 나는 자유롭게 되었다. 그리고 나는 나 자신을 '책 쓰는 싱글맘'으로 정의했다. 나는 내가 정의한 대로 날마다 글을 쓰며 새로운 자아를 발견하고 있다. 그리고 나는 베스트셀러 작가를 꿈꾼다. 나에 대한 새로운 정의가 새로운 꿈의 세계를 창조한다. 나는 내가 창조한 멋진 세계를 경험해나갈 것이다.

자, 이제 당신도 과거의 왜곡된 자신을 놓아 보낼 준비가 되었는가?

드라마 속 이혼 __ 신성한 이혼

올해 초에 방영되었던 드라마 〈신성한 이혼〉에서는 이혼을 하려는 의뢰인들의 다양한 사건을 엿볼 수 있다. 소송의 결과보다 이혼 당사자들의 사연과 감정, 상황 등을 함께 다루어 공감이 가는 부분이 많았다. '결혼은 아름답고 이혼은 치열하다. 누구나 지는 싸움, 이혼'이라는 문구가 마음에 와닿는다. 이혼은 치열하다. 그래서 이혼은 승자든, 패자든 지는 싸움이라고 표현하는 것이다.

이 드라마의 작가는 "이혼은 한 사람의 인생에서 내린 큰 결정이니,

부디 다른 분들도 한낱 가십거리로 소화하지 않았으면 해요. 결혼만큼이나 이혼도 신성하게 다루어졌으면 하는 마음에서 〈신성한 이혼〉이라는 제목을 붙였습니다"라고 밝혔다.

주인공인 신성한 변호사는 이혼 가정에서 자라났고, 자신의 어머니에 대한 복수심에 사로잡힌 인물이다. 드라마는 시어머니를 때린 후의 이혼 소송, 혼외정사 동영상이 유포된 여성의 소송, 조현병으로 아픈 여성의 이혼 소송을 변호한다. 이 여성들의 혼외정사나, 시어머니를 때린 배경에는 그보다 더 악한 억압과 폭력이 존재하고 있었다. 어떤 결함이 있더라도 마땅히 누려야 할 인간적인 권리마저 짓밟히면 안 된다는 내용이었다.

이 드라마에서는 만남이 소중한 만큼 이별도 소중하게 다루어야 한다는 새로운 콘셉트가 먹히는 것 같다. 이별을 잘해야 새로운 만남이 이어질 수 있다. 드라마에서는 다른 남자를 사랑해서 다른 남자의 아이를 임신한 아내에게 유모차를 선물하는 주인공의 친구 이야기가 나온다. 아내에 대한 집착을 끊고 놓아주며, 자신을 사랑해주는 다른 여자와 함께 여행을 떠난다. 좋은 기억은 좋은 기억대로, 힘든 기억은 힘든 기억대로 남겨두는 이별이 신성하다고 보인다.

이혼을 단지 사회적 낙인이나 가십거리로 보지 않고, 신성한 눈으로 바라보는 드라마를 보면 이혼에 대한 시각이 많이 달라졌다는 것을 느낀다. 이제 한부모 가정은 사회의 여러 가족 형태 중 하나라는 사실을 받아들이는 추세다. 아직도 미묘하게 남아 있는 자격지심을 떨쳐버릴 수 있는 신선한 드라마였다.

불안한 감정에 번호를 매겨보자

나는 다른 사람에게는 관대하면서, 완벽하지 못한 자신에 대해 자책을 많이 했다. 내 마음에 상처 주는 말을 많이 해왔다. 친구에게는 오늘의 안부 인사를 묻고 응원하는 메시지를 보내면서도, 나에게는 자신의 감정을 묻지 못하고 다독거리지 못했다.

오랫동안 목표로 세운 것들이 무너져 내릴 때, 나 자신을 한심하다고 생각했다. 아이들이 내 뜻대로 되지 않고 어긋날 때, 막내가 학교에 가지 않고 방문을 잠그고 방 안에만 있을 때, 나는 아이에게 아무 도움이 되지 않는 자신이 한심하게 느껴졌다. '나는 왜 이것밖에 안 되지?' 하고 자책하고 자신을 비난해왔다.

《내 마음에 상처주지 않는 습관》이라는 책에서 김도연 작가는 "진정한 내면의 힘은 '완벽한 나'에서 비롯되는 게 아니라, '불완전한 나'를 감싸 안을 때 빛이 난다"라고 조언한다. 또한 이 세상에서 나 자신과 가장 가까운 사람은 바로 나이고, 마음의 상처 또한 보듬어줄 수 있는 가장 가까운 사람이 나 자신이라고 한다. 저자는 상처받지 않는 습관 중 '접촉 위안'이라는 방법도 제시해준다. 즉, 감정을 다스리기 힘들 때, 적

합한 단어나 문장을 준비해두었다가 읊조려보라고 한다. 이때, 자신의 어깨를 감싸 안거나, 가슴을 쓰다듬으면 좋다고 한다.

나는 하루의 일을 마치고 집에 들어와 거울을 보면서, "오늘 하루도 수고했어" 하면서 내 어깨를 감싸 안아주거나 머리를 쓰다듬어주곤 한다. 처음에는 어색하게 느껴졌지만, 하다 보니 기분이 좋아짐을 느꼈다. 자신을 칭찬하고 위로해주는 것도 습관이다. 자신에게 친절할 때 나오는 행복 호르몬인 엔도르핀과 세로토닌은 자신이 좋아하고 잘하는 일에 집중할 수 있도록 도와주기도 한다. 불안하고 힘들 때 불안한 원인을 글로 써서 번호를 매겨보는 것도 좋다.

예를 들어, 나의 경우 글이 잘 써지지 않고 불안할 때 그 원인을 써보면 다음과 같다.
첫 번째, 너무 완벽한 글을 쓰려는 욕심에서
두 번째, 해결되지 않은 일로 잡생각이 많아져서
세 번째, 그냥 글이 쓰기 싫어서
네 번째, 몸이 너무 피곤해서
다섯 번째, 내 글이 과연 독자에게 먹힐까? 하는 우려에서다.

이렇게 글을 써서 원인을 파악하다 보면 깨달음이 오고, 거기에 맞게 해결책을 마련하고 행동으로 옮긴다. 만약 글을 쓰기 싫어 자꾸만 미루고 있다면, 잠시 밖으로 나가, 20분 정도 산책하며 머리를 식히거나, 자기계발서 책을 보며 동기 부여를 받는다. 아니면 거울을 보면서, "나는 할 수 있어"라는 말을 열 번 외쳐본다.

세상에서 내 마음을 지켜줄 수 있는 든든한 지원군은 바로 나 자신이다. 나에게 친절을 베풀고 사랑하는 마음을 가지자.

아이 둘 싱글맘,
혼자 세상과 마주하다

그 어떤 것도
급작스러운 것은 없다

막내의 사춘기와 방황

막내의 반란은 상상 초월이었다. 초등학교 6학년 중반에 들어가면서 말투부터 심상치 않았다. 내 배 속에서 나온 아이가 맞나 싶었다. 그러다 중학교 1학년이 시작되면서 비행이 시작되었다. 어느 날은 가출까지 했다. '저를 찾지 마세요'라는 쪽지를 남기고 집을 나갔다. 막내의 친구 중 한 명과 같이 감행했다. 아이의 가출은 처음 겪는 일이라 머릿속에서 온갖 안 좋은 시나리오를 상상하면서 불안에 떨었다. 나와 큰딸은 계속 전화와 문자를 해댔다. '엄마는 너 없이는 못 산다. 돈도 없이 밖에서 어쩔 셈이니? 제발 돌아와라.'

막내는 내 문자에 마음이 동했는지 새벽 2시에 집으로 돌아왔다. 나는 일단 아이를 안심시키고 가출 이유가 뭔지 물어보았다. 학원 다니는 게 싫단다. 당장 끊고 싶다고 했다. 막내는 그 당시 내가 근무하고 있는 학원에서 영어와 수학을 공부하고 있었다. 나는 일단 알았다고 했다. 가출 이유를 듣고 나를 한 방 먹였다는 생각도 들었지만, 어쨌든 들어온 것을 다행으로 여겼다. 그날 이후로 막내는 학원에 나가지 않았다.

어느 날, 나는 학원에 나갔다가 수업자료를 깜빡하고 집으로 다시 들어오다 막내와 마주쳤다. 내가 알던 막내가 아니었다. 얼굴에 진한 풀 메이크업을 하고 교복 치마는 언제 줄였는지 한참 짧아져 있었다. 나는 입을 다물지 못하고 한마디 던졌다.

"야, 너 꼴이 이게 뭐냐? 미친 거 아냐?"

아차 싶었지만, 이미 내뱉은 말을 주워 담을 수 없었다. 막내는 한마디 대꾸조차 하지 않았다. 그리고 나는 집을 나섰다. 도대체 이 아이에게 무슨 일이 일어나고 있는지, 어디서부터 잘못되었는지 눈앞이 캄캄했다. 아이의 문제에만 몰두해서 엄마로서 아이에게 상처를 입혔다는 자괴감에 아무 일도 할 수 없었다.

막내는 몸이 약하고 왜소하고 내성적인 성격이었다. 그래서 그런지 초등학교 고학년이 되어가면서 반 친구 여러 명에게 괴롭힘에 가까운 놀림을 받았다. 나는 학교 선생님께 이런 사실을 알리고 도움을 요청했다. 하지만 학교 내에서 벌어지는 모든 일상을 선생님이 알아채고 대응하지는 못했을 것이다.

막내는 괴롭힘을 온몸으로 견디며 점점 말이 없어졌다. 보다 못한 나는 막내가 중학교에 입학하기 전에 학교와 조금 떨어진 곳으로 이사를 했다. 왕따를 시키는 아이들과 더 이상 엮이게 하고 싶지 않아서였다. 하지만 어찌 된 일인지 그 아이들과 같은 중학교에 배정되고 말았다.

나중에 알았지만, 막내는 같은 반의 한 여학생에게서 ○○클럽에 가입하라고 권유받았다고 한다. 막내는 또래 친구들한테서 괴롭힘을 당하느니 차라리 강자의 그룹에 속하기로 마음먹었다. 일종의 자기방어적인 선택이었다. 그렇다고 돈을 갈취하거나 반 친구들을 왕따시키는 등의 비열한 짓은 하지 않았다. 단정치 못한 복장에 머리를 염색하고 학교에 지각하고 끼리끼리 몰려다니는 수준이었다. 세게 보이는 일종의 의식으로 흡연까지 했다. 그 당시에 나는 학교에 밥 먹듯이 불려 다녔고, 그때마다 죄송하다고 머리를 조아려야 했다. 하지만 이런 일상은 서막에 지나지 않았다. 아이는 이후로도 몇 번의 가출을 감행했다. 이유도, 통보도 없는 가출이었다. 그때마다 나는 밤낮을 가리지 않고 아이를 찾아다녔다. 끝도 없는 아이의 돌발적 비행에 나의 일상은 만신창이가 되어가고 있었다.

나는 막내의 주변 친구들을 먼저 공략하자는 작전을 세웠다. 막내의 비행 친구들을 집에 초대해서 간식을 해 먹였다. 한 아이, 한 아이 들여다보니 순수하고 맑은 평범한 여학생들이었다. 이런 아이들이 어떻게 가출하고 비행을 저지르는지 이해가 안 갔다. 나의 호의에 친구들은 전화번호를 일일이 다 말했고, 그렇게 보호자 전화번호까지 다 알아낼 수 있었다.

아이가 온종일 방 밖을 나오지 않으면 아이가 좋아하는 음식을 해서 냄새를 방으로 흘려 보냈다. 카카오톡으로 음식 사진을 찍어서 "치킨 냄새 죽이지? 얼른 나와" 하고 보내면, 아이는 나와서 오물오물 치킨을 뜯어 먹었다.

하지만 이런 기쁨은 잠깐이었다. 아이의 행보는 더 과감해져갔다. 급기야 학교에 가지 않는 날이 계속되었다. 저장해둔 친구들의 비상 연락망으로 전화하고 찾아다니느라 정신이 없었다. 탈진상태로 일상생활은 커녕 직장에 다니는 것조차 버거웠다. 아이는 친구들 보기가 창피하니 전화하지 말라고 소리 질렀다.

나는 아이와 시간을 더 보내면서 예전의 아이로 돌아오게 해야겠다는 결심하고, 학원 일을 반으로 줄였다. 당연히 수입도 반으로 줄었다. 하지만 이런 나의 노력에도 불구하고 아이는 더 어긋났고, 언성을 높이며 싸우는 일이 잦아졌다. 나는 극심한 스트레스로 몸도 쇠약해져 어느 날은 수업 중에 다리가 풀려 쓰러지고 말았다. 응급실에 실려 가서 병원에서 안정을 취하고 집으로 갔다.

그날, 막내는 내가 아프다는 이야기를 듣고 마중 나왔다. 우리는 길가 옆 가장자리에 걸터앉았다.

"엄마, 괜찮아?"

"응, 이제 괜찮아. 울 딸, 엄마 걱정했구나?"

"당연하지. 엄마, 속상하게 해서 미안해. 그리고 이제 아프지 마."

"그래, 고마워. 엄마도 자꾸 화만 내서 미안해."

우리는 오랜만에 서로를 바라보며 환하게 미소 지었다.

하지만 아이의 일탈은 끝없이 계속되었다. 급기야 학교 측에서 출석 미달과 품행 점수 초과로 퇴학 조치를 하겠다고 통보해왔다. 나는 큰 결심을 했다. 아이의 일탈에 주변 친구들의 영향이 가장 크다고 판단했다. 나 혼자 감당하기에는 힘에 부쳤다. '제주도 고향에 내려가자. 고향에는 아이 외조부님(나의 부모님)과 이모들, 조카들이 있으니 가족들과 섞여 지내다 보면 이 폭풍이 지나갈 거야'라고 믿었다. 나는 막내를 설득하기 시작했다.

"딸, 네가 좋아하는 이모랑 사촌들이 있는 제주도로 이사 가자."
"갑자기 왜 그래? 싫어. 거기 가면 친구들이 없잖아."
"친구들은 다시 사귀면 되잖아."
"아니, 왜 엄마 마음대로 결정해? 싫어. 절대 안 가. 가고 싶으면 엄마 혼자 가."

결국, 나는 만약 내려가서 살다가 정 싫으면 다시 올라오기로 막내와 약속하고 제주도로 이사를 했다. 바다를 건너 이사하는 게 쉬운 과정은 아니었지만, 다음과 같은 이유로 감행했다.

첫 번째, 일탈의 원인인 친구들에게서 떨어뜨리고,
두 번째, 나 홀로 양육을 내 친정 식구들과 교류하며 같이 나누고,
세 번째, 현재 학교 측의 퇴학 통보를 전학으로 상쇄시키고,

네 번째, 집에서 공부방을 운영하며 아이 돌보는 시간을 더 확보한다.

문제는 큰딸이 고등학교 2학년이라 전학 시기가 좋지 않았다는 것이다. 큰딸은 한 달 정도 친한 지인 집에 살다가 나중에 합류하기로 했다. 막내에게 집중하느라 큰딸의 학업에 신경을 제대로 못 쓴 게 미안했지만 어쩔 수 없었다.

똥차의 추억 __ 제주살이

나는 극심한 사춘기로 방황하는 막내를 데리고 제주도로 향했다. 미리 연락해둔 친구의 도움으로 공부방과 거주를 겸할 수 있는 집을 계약해두었다. 집에서 영어 공부방을 운영했다. 친정이라는 마음 둘 곳이 있으니 불쌍한 딸의 영혼이 안정을 찾으리라 기대했다.

그런데 이 불쌍한 영혼은 푸른 바다가 넘실대는 제주에서 더 죽어갔다. 학교는커녕 방에서도 나오지 않았다. 방문을 두드려도 반응이 없었다. 온종일 먹지 않으니 화장실도 가지 않았다. 모든 소통은 카카오톡으로 했다.

"학교 가기 싫으면 엄마랑 제주 해안도로 갈까?"

나는 제주가 얼마나 아름답고 좋은 곳인지 막내에게 보여주고, 제주를 좋아할 수 있도록 작전을 짰다. 나는 제주에서 구입한 2002년식 구형 똥차를 끌고 막내와 함께 제주도 구석구석을 다녔다. 해안가 바위에 걸터앉아 제주 해녀가 갓 잡아 올린 소라와 멍게를 먹으며 힐링 타임을 가졌다. 그 당시 〈1박 2일〉에 나왔던 우도 산호백사장에 가고 싶다고 해서 우도에도 데려갔다. 막내는 강아지와 함께 백사장을 미친 듯이 뛰어다녔다. 하지만 집에 돌아와서는 다시 방에서 나오지 않았다.

누군가 말했다. 인간은 존재하므로 이런저런 경험을 하게 되는 거라고. 존재가 없으면 아무 일도 일어나지 않는다고. 삶은 희로애락의 시작이라고. 하지만 내게 삶은 희락은 없고 로와 애만 있는 것만 같았다.

노력해도 안 되는
날들의 연속

막내의 서울 앓이

어느 날, 서귀포에 놀러 갔다가 시장도 볼 겸 홈플러스에 들어갔다. 그런데 막내가 뭘 발견한 듯이 어디론가 막 뛰어갔다. 따라가 보니 젤리 탑이 쌓여 있는 코너 앞에 서는 게 아닌가?

"우와, 제주도에 이런 것도 있어? 완전 촌구석인 줄 알았는데, 사진 찍어서 친구들한테 보낼래."

갑자기 시체에서 재잘거리는 어린 소녀로 돌아왔다. 애는 애구나 싶었다. 제주 몇 바퀴를 돌아도 시큰둥하던 아이가 젤리 앞에서 환한 미소를 짓다니, 어른인 나는 이해가 가지 않았다. 막내는 문구코너로 가더니 노트, 샤프, 수첩을 들고 와서 계산해달라고 했다.

"내일부터 학교 다닐 거야."

나는 아이가 마음이 바뀔까 봐 카운터로 가서 재빠르게 계산했다.

하지만 다음 날이 되자 학교는커녕 또 방 안에서 문을 잠그고 드러 누웠다. 아이가 불쌍해서 눈물을 흘리다가도, 때때로 화가 치밀어 올랐다. 말싸움, 몸싸움, 욕싸움이 오고 갔다. 내가 손이라도 올라가면 아이는 책을 둘둘 말아 방어했다. 막내의 눈에는 살기마저 돌았다. 그러다가 어느 날부터인가 눈에 초점을 잃었다.

아이는 울면서 말했다.

"제발 서울로 가게 해줘. 갈 상황이 안 되면 나 혼자라도 갈래."

"안 돼. 너 혼자 서울에 어떻게 보내니?"

그러자, 아이는 또 문을 걸어 잠갔다.

학교에서는 출석 일수가 부족해 교실은 안 가더라도 상담실에라도 보내라고 통보했다. 나는 출석 일수가 부족하면 서울에 전학조차도 안 된다고 막내를 설득했다. 이 말을 듣고 막내는 교실 대신 학교 상담실로 다녔다. 여름방학이 되자 서울 앓이 하는 아이가 안쓰러워 막내를 서울에 보내주었다.

그런데 돌아오기로 한 날, 갑자기 연락이 끊겼다. 딸 친구들에게 행방불명된 아이를 찾으라는 특명을 내렸다. 이전 방학 때, 친한 친구 두 명을 초대해 내 똥차로 제주 지역을 여행시켜주고 재워주었다. 그중 한 친구는 의리에 죽고 의리에 사는 아이였는데, 그 친구와 그 친구 아버지가 막내의 핸드폰 페이스북에서 흔적을 포착하고, 한강에서 배회하던 아이를 밤새 뒤져서 찾아냈다.

그렇게 잡혀서 돌아온 아이는 또 그놈의 시체놀이를 했다. 이번에는 핸드폰조차도 꺼버렸다. 집 안에 사는데 연락이 안 되는 이상한 상황이 되었다. 나는 방문을 걷어찼다. 문이 부서지도록 걷어차면서 문 열라고 소리를 질렀다. 아이가 살아 있는지 확인해야만 했다. 아이가 문을 열었다.

"엄마 나 서울 보내 줘. 제발 나 좀 살려 줘. 엄마가 제주 살기 싫으면 다시 올라간다고 약속했잖아, 그런데 왜 약속 안 지켜?"

발악에 가까운 통곡을 했다. 나는 그런 딸을 부둥켜안고 같이 울었다.

"그러자. 서울 올라가자. 같이 올라가자."

그렇게 1년 반만의 제주살이는 막을 내렸다. 살림살이 짐을 실어야 했기에 목포로 가는 배를 타야 했다. 이삿짐센터 화물트럭은 화물칸에 태우고 나는 막내와 객실에 마주 앉았다. 막내는 오랜만에 기분이 좋아서 재잘거렸다. 내 속은 타들어갔다. 다시 원점에서 시작해야 하니 걱정이 태산 같았다. 나는 목포에서 밤새 운전해서 서울까지 가야 했다. 내 차는 안 그래도 똥차인데, 야간 운전으로 여기저기 긁히고, 차에 달라붙은 하루살이들이 까맣게 시체로 변해서 더더욱 똥차가 되었다.

그렇게 다시 서울살이를 시작했다.

서울로 컴백홈

서울로 컴백한 나는 막내가 학교생활에 적응을 잘할지 걱정되었다. 먹고사는 문제는 해결해야 했기에 영어 학원을 인수했다. 밤늦게까지 운영할 입장이 못 되어 많은 학생을 받지는 못했다. 언제 비상사태가 터질지 모르니 대비해야 했다.

막내는 본인이 그토록 고대하던 예전의 서울 친구들이 다니는 중학교에 전학했다. 전학 첫날, 담임선생님에게서 전화벨 소리가 울렸다. 촉이 좋지 않았다. 나의 촉은 막내의 사춘기 이후 고도로 예민해져 있었다.

"어머니, 학교로 좀 오셔야겠어요."
"무슨 일인데 그러시죠?"
"아이가 화장실에서 담배를 피웠어요."
"아…. 죄송합니다."

담임선생님은 나를 앉혀놓고, "아이가 교실에 안 들어갔다. 첫날부터 사고를 쳤다. 다른 학교를 알아보시라" 등등의 청천벽력 같은 말을 늘어놓았다. 나는 아이의 상황과 우울증 진단을 받았던 병력에 대해 차근차근 설명했다. 하지만 이 선생님은 철저한 원칙주의자이자 관료주의자였다. 아이에 대한 연민은커녕 무표정한 얼굴로 교칙과 의무 사항만을 설교했다. 한마디로 꽉 막힌 분이었다. 몇 개월 남은 학교생활이 만만치 않을 거라는 불길한 예감이 들었다.

선생님은 날마다 전화를 하셨다. 머리를 염색해서, 점심시간에 등교해서 등등. 나는 전화 노이로제에 걸렸다. 나도 안다. 아이의 잘못에 대해 누구보다 잘 안다. 하지만 아이의 행동을 하나하나 지적질하고 비난하는 대신에, 한 번쯤은 부모의 아픈 심정을 헤아려주었으면 좋겠다고 생각했다.

막내의 학교생활 수칙 포인트는 쌓여만 갔고, 그 점수를 만회하기 위해 봉사단체를 지정해주었는데 그것마저도 가지 않았다. 나는 "서울 오면 학교 잘 다니고 공부 열심히 할 거라며, 왜 그래?"라는 말만 반복했고, 아이는 그때마다 귀를 막고 벽을 쌓았다. 어느 날은 자기를 '쓰레기'라고 표현했다. '넌 세상에서 가장 귀한 나의 보물'이라고 말하고 싶었지만, 입 밖에 나오지 않았다. 자기가 내린 정의에 의해 쓰레기 행동을 하는 아이가 그저 안타까울 뿐이었다. 다행히 의리 좋은 친구들이 도와준 덕에, 우여곡절 끝에 중학교를 졸업했다.

막내의 그늘에 가려진 첫째 아이

나는 막내의 사춘기를 감당해내느라 첫째에게 신경을 제대로 쓰지 못했다. 아니, 그럴 여력이 없었다. 제주에서 첫째는 고등학교 3학년을 맞았다. 내가 해줄 수 있는 것은 내 공부방에서 과외에 참여시켜 영어를 가르쳐주는 것밖에 없었다. 제주도 고등학교 인문계 수준은 전국적으로 탑이다. 학교 야자 수업을 아주 빡빡하게 시키는 것으로도 유명하다. 첫째 아이는 갑자기 강도 높은 공부를 하자니 제대로 따라가지 못해 힘들어했다.

아이는 어릴 때부터 노래에 재능이 있었다. 교회 싱어팀에 들어가 활발히 활동하고, 사회성이 좋아 주변에 친구들이 많았다. 인사성이 좋으니 집안 어른들의 사랑을 한 몸에 받았다. 고등학교 3학년인데 서울에 전학을 또 해야 하니 힘들 만도 한데 군소리 없이 따라주었다. 9월이 되자 학교에서 학부모 상담을 열었다. 그런데, 담임선생님이 의외의 말을 했다. 아이가 수업 시간에 열의가 없고 야자를 빠져서 조퇴하는 일이 잦다는 이야기였다. 아이에게 자초지종을 물으니 공부가 머리에 안 들어온다는 것이었다. 그럼 노래 전공은 어떠냐고 물어보았다. 아이는 시기가 좀 늦기는 했지만, 그동안 연습해온 게 있으니 최선을 다해보겠다고 했다.

나는 아이의 소원을 들어주었고, 음악 입시 학원에 보내주었다. 연습실도 따로 필요하다고 해서 연습실 비용까지 마련해주었다. 큰딸은 새벽까지 연습하고 파김치가 되어 들어왔지만, 힘들다는 내색도 하지 않았다. 그렇게 기적 같은 일이 일어났다. 남들은 5년 이상 준비하는 음악 전공 입시를 단 4개월 만에 해냈다. 당당히 인 서울 4년제 음대에 합격했다. 첫째는 감격의 눈물을 흘리며 이 모든 기적이 자기를 믿고 지지해준 엄마 덕분이라고 했다.

내 지인들은 나에게 "정말 좋은 엄마고, 용감한 엄마"라고 했다. 아이를 위해 1년 반 동안 섬살이와 육지살이를 할 수 있는 사람은 나밖에 없을 거라고 했다.

'신은 견딜 수 있는 만큼의 시련을 준다'라는 말이 있다. 아마 나는 시련을 겪을 때마다 조금씩 용감해졌나 보다.

아무도 못 말리는
막내의 수학여행 해프닝

막내 학교에서 제주도로 수학여행을 간다고 했다. 이미 1년 반 정도 제주도에서 살았던 막내는 제주도 수학여행이 그다지 내키지 않은 모양이었다. 고등학교 수학여행에 대한 추억이 없는 나로서는 그런 막내가 복에 겨운 행복한 고민을 하는 것처럼 보였다.

"엄마는 집이 너무 가난해서 수학여행을 가고 싶어도 못 갔어. 수학여행 못 가는 것도 억울한데, 학교에 출석해서 자율학습까지 하라고 해서 얼마나 속상했는데. 학창 시절 수학여행은 나중에 좋은 추억거리로 남을 수 있잖아. 너 혼자 수학여행 사진 없으면 괜히 기분 이상해."

막내는 내 말에 시큰둥하게 반응했다.

"차라리 겨울에 가지. 왜 이렇게 더운 여름에 가냐고? 제주도 여름 날씨 장난 아니잖아?"

막내 말대로 제주도 여름 햇볕은 정말 뜨겁다. 한여름에 아스팔트 위를 걸어 다니는 게 쉬운 일은 아니다.

"자유시간에 이모랑 네가 좋아하는 사촌 얼굴 보러 갔다 와."

그렇게 막내는 제주도로 수학여행을 갔다. 한여름의 더위를 못 참는 아이가 좀 걱정이 되었지만 뭐 놀러 가는데, 별일 있겠나 싶었다.

아이가 수학여행을 떠나고 다음 날, 전화가 울렸다. 수신자 화면에 담임선생님이 떠 있었다.

'수학여행 중인데, 굳이 전화할 일이 없을 텐데? 무슨 일이지?'

내 귀에 심장이 쿵쿵 울려대는 소리가 들렸다. 좋은 일로 선생님 전화를 받은 적이 한 번도 없었다. 나는 긴장감이 잔뜩 담긴 목소리로 전화를 받았다.

"네, 선생님 안녕하세요?"

"어머님, 안녕하세요? 따님이 여행 도중에서 이탈했어요. 연락도 안되고요. 어머님이 따님에게 전화 좀 해보셔야 할 것 같습니다."

"에고, 선생님, 심려 끼쳐드려서 정말 죄송합니다. 연락해서 바로 복귀하라고 할게요."

나는 선생님께 미안한 마음에 목소리가 개미만 하게 작아졌다. 가기 전부터 제주도 날씨 탓을 하며 툴툴거리더니, 또 이렇게 사람 애간장을 태운다.

대충 짐작은 갔다. 제주도 한여름 대낮의 햇볕은 너무 뜨거워서 익숙하지 않은 사람에게는 힘들다. 참고로 딸은 여름에는 햇볕이 싫어 집에만 있다가 밤에만 나간다. 주로 새벽에 들어오고 낮에는 잔다. 몇 번이나 막내에게 전화해보았지만, 끝내 받지 않았다. 조금 있다가 막내의 이모, 즉 제주 사는 내 여동생한테 전화가 왔다.

"언니, 막내한테서 전화 왔어. 수학여행 왔다는데, 우리 집에 오면 안 되냐고 하는데, 어떡해?"

"전화 오면 다시 학교 숙소로 가라고 전해줄래? 얘가 친구랑 둘이 숙소에서 이탈해서 난리 났어."

"일단 알았어. 내 말을 들을까 모르겠네."

막내딸에게 다시 전화해보았지만 받지 않았다. 나는 막내와 같이 이탈한 딸 친구에게 전화했다. 다행히도 전화를 받았다.

"여보세요? 너희들, 어디야? 선생님들이 너희들 없어져서 걱정하고 계셔. 담임선생님이 너희들 있는 곳으로 데리러 간다고 하니 어디 있는지만 말해줄래?"

"그러고 싶은데요. 얘가 죽어도 가기 싫다고 해서요."

"딸 좀 바꿔줄래?"

"엄마, 나 이모네 집으로 갈래. 더워서 도저히 못 걸어 다니겠어. 완전 탈진이야."

"나는 너 때문에 완전 탈진이야."

"싫다고, 나 도저히 못 다녀. 더운 거 못 참는 거 알잖아."

아이는 전화를 뚝 끊어버렸다. 다시 전화해보았지만, 이번에는 아예 전원을 꺼버렸다.

이어서 담임선생님께 전화가 왔다. 담임선생님은 대뜸 교장선생님을 바꿔주셨다.

"어머님, 이런 식으로 나오면 안 됩니다. 두 아이로 인해서 학생들이 이동하지 못하고 있어요."

"죄송해요. 저도 아이들 복귀시키려고 노력하고 있습니다. 다시 연락해보겠습니다. 혹시 모르니 두 아이 빼고 예정대로 이동하시면 안 될까요?"

"안 됩니다. 단체 행동 몰라요? 학교에서 왔지, 개인으로 왔습니까?"

교장선생님은 끝까지 두 아이가 복귀해서 전교생이 다 함께 이동해야 한다는 입장을 고수하셨다. 하지만 제주도 현장에 없는 내가 할 수 있는 일은 달리 없었다.

'기다려주는 마음은 정말 고마웠지만, 그래도 그렇지. 군대도 아니고, 사고 친 두 아이 그냥 두고 가면 되지. 다른 학생들이 뭔 죄람?'

나는 교장선생님 외 다른 선생님과 다른 학생들에게 너무 미안했다.

'그래. 막내가 제일 죄가 크지. 대역죄인이지. 이놈의 기집애, 집에 오기만 해봐라. 아으, 정말 가지가지 한다.'

이럴 줄 알았으면 차라리 수학여행이고 뭐고 보내지 말걸 하는 후회도 들었다. 이어서 제부에게 전화가 왔다. 막내가 계속 데리러 와 달라고 사정사정해서 데리러 가는 중이라고 했다. 나는 잘 달래서 학교 숙소에 데려가 달라고 했다. 나는 교장선생님께 전화해서 아이랑 연락이 되어 친척이 숙소로 데려갈 거라고 했다. 제부는 성실하고 이해심이 많은 분이다. 나는 그런 이해심 많은 분이라도 현장에 계셔서 다행이다 싶었다. 아무튼 두 아이는 다시 제부 차를 타고 일단 숙소로 갔다.

그런데 숙소에 도착한 두 아이는 절대로 숙소에서 숙박하지 않을 거라고 선생님께 고집을 부렸다. 다른 애들한테 너무 창피해서 도저히 숙소에 못 있겠다고 했단다. '아니, 애들한테 창피한 짓을 왜 해?' 하지만 그런 말은 숙소를 빠져나가기 위한 핑계라는 것을 알았다. 다음 날 햇빛 속 행군을 하기 싫어서 둘러댄 핑계라는 것을 말이다.

교장선생님께서 다시 내게 전화를 하셨다. 아이가 너무 완강하게 고집을 피운다고 어떡하냐고 물으셨다. 나는 교장선생님 선에서 알아서 판단하시라고 했다. 그러자 기분이 상하셨는지 중간에 전화를 뚝 끊으셨다.

"아니, 오늘은 왜 다들 전화를 뚝 끊는 거야? 그럴 거면 왜 전화를 해?"

나는 괜히 전화기에 대고 화풀이를 했다.

교장선생님은 제부를 앉혀놓고 아이를 데려가서 다음 날 서울행 비행기 시간에 맞춰서 데려오라고 서약서를 확인한 뒤 사인하라고 하셨단다. 비행기 이륙 시간까지 두 아이가 나타나지 않으면 전 학생들과 선생님들이 서울행 비행기 못 탄다고 으름장을 놓으셨다고 한다.

나는 이 상황에 대해 어느 정도 눈치를 챘다. 교장선생님도 아셨을 것이다. 두 아이의 고집을 꺾지 못하리라는 것을 말이다. 어른인 제부한테라도 자신의 체통과 명예를 회복하고 싶으셨으리라. 결국, 막내와 막내의 친구는 이모네 집에서 편하게 하루를 지내고, 다음 날 제부 차를 타고 공항으로 갔다.

그렇게 막내의 제주도 수학여행 해프닝은 끝났다. 너그러운 내 여동생과 제부의 도움으로 똥고집 막내가 무사히 서울로 돌아왔다. 막내의 돌발 행동에도 불구하고 한 번도 성내지 않고 지혜롭게 대처해준 제부에게 다시 한번 감사의 마음이 든다.

나는 너무나 태연한 표정으로 들어오는 막내를 보고 말했다.
"세상에 그렇게 하고 싶은 대로 다 하며 사는 사람은 없어. 너희 둘의 돌발 행동으로 학교가 발칵 뒤집혔는데 아무렇지도 않아?"
"미안해. 그냥 뙤약볕에서 걷는 게 너무 힘들었어. 피해를 줄 생각은 전혀 없었어. 선생님들이 너무 오버한 거야."

단체 행동에서 지켜야 할 규율이나 책임에는 전혀 관심 없는 아이에게 내 말은 아무 의미도 없는 '소 귀에 경 읽기'나 다름없다는 것을 안다. 무사히 돌아와서 다행이긴 하지만, 여전히 막내는 내게 버거운 존재였다.

4 ● ● ●

맨날 술이야
- 술독에 빠진 그대여

막내는 정보교육 관련 특성화고에 입학했다. 한눈에 봐도 일반고와는 달리 협소하고 엉성해 보였다. 교장선생님, 담임선생님과 인사를 나누고 돌아오는 내내 마음이 편치 않았다. 지하철과 버스를 타고 내려 오르막길로 올라가야 등교 가능한 학교를 잘 다닐 수 있을지 걱정이 되었다. 나의 우려는 현실이 되었다. 등교를 안 하는 것은 기본이고 밤늦게 술 냄새를 풍기며 들어왔다. 막내가 술독에 빠졌다.

새벽까지 막내를 기다리다 잠시 눈을 붙였는데 전화벨 소리가 울렸다. 막내의 친구였다.

그 아이는 다급한 목소리로 말했다.

"어머니, 얘 교통사고 나서 병원 응급실에 있어요."

"뭐라고? 많이 다쳤어? 어쩌다가?"

날벼락 같은 막내의 교통사고 소식에 정신이 혼미해졌다. 나는 병원 응급실로 달려갔다. 병원에 누워 있는 아이의 상태를 보니, 다행히도 외관상 얼굴과 머리 쪽은 괜찮아 보였다. 새벽에 건널목에서 무단횡단을 하다가 막내가 건너가는 것을 미처 보지 못한 택시에 들이받혔다고 한다. 들이받히는 순간, 막내의 몸이 공중에 떴다가 바닥에 내동댕이쳐졌다는 것이다. 막내와 같이 길을 건너던 다른 아이도 동시에 사고를 당했다.

엑스레이 사진 판독 결과, 골반 뒤 뼈 쪽에 금이 가서 수술을 해야 하는데, 문제는 만취한 상태라 간 수치가 너무 높아 수치가 내려갈 때까지 기다려야 한다는 것이다. 일반 병실로 옮겨 아이가 깨어나기를 기다렸다.

그런데 아이가 깨어나서 한 말이 가관이다.

"엄마, 나 화장품 새로 산 거 못 봤어?"

"뭐라고? 지금 화장품이 문제야? 교통사고 나서 당장 수술할 판에?"

"엄마, 미안해. 집에 빨리 가려고 급하게 뛰어가다 그랬어."

나는 그 순간, 아이의 뇌가 과연 정상인지 확인하고 싶었다. 사고 나면서 뇌를 다쳤나 싶을 정도로 걱정하는 나와는 대조적으로 아이는 너무나 태연했다. 아니면 내가 걱정할까 봐 태연한 척 연기하나? 허리 쪽을 움직일 수 없어서 내가 대소변을 받아내야 했다. 이 나이에 딸 대소변을 받아내는 상황이라니 기가 막혔다. 막내는 사고 현장에 있었던 의리파 친구들과 내가 마음 졸이며 대기하는 사이, 무사히 수술을 마쳤다.

종합병원 특성상 일주일 이상 장기입원하는 게 어려워 막내는 다른 병원으로 이송해 입원생활을 계속했다. 나는 병원에 가서 아이 돌보랴, 학원 운영하랴, 집안일 하랴, 정신없이 보냈다. 평소 학교에 안 가고 누워 있고만 싶다는 아이의 소원이 이렇게 성취되었다. 입원한 지 한 달이 지나 퇴원했다. 퇴원한 후에도 술독에 빠져 허우적거리는 생활이 다시 시작되었다. 나의 정신도 피폐해져만 갔다.

보호관찰소라니요?

어느 날, 낯선 번호로 전화가 왔다.

"○○ 학생 보호자 되시나요?"

"네, 맞습니다."

"여기 경찰서인데요. 좀 오셔야겠습니다."

막내가 밤새 들어오지 않아 신경이 곤두서 있던 차에 경찰서에서 걸려온 전화를 받으니 바짝 긴장되었다.

"무슨 일인가요?"

"아이가 절도를 한 것 같아요."

이제까지 학생 신분으로 음주를 하긴 했지만, 절도나 폭행 사건에 연루된 적은 한 번도 없었다. 남에게 피해를 주거나 괴롭히는 일도 없었는데, 절도라니….

딸 친구에게 전화해서 자초지종을 들어보았다. 공원에 가서 친구들

끼리 술을 마시다가 집에 가는 길에 공원에 떨어져 있는 지갑을 주워 누군가가 현금만 빼고 훔쳐 갔다고 한다. 지갑 주인이 현금이 없어진 것을 알고 때마침 순찰을 돌고 있는 경찰에 신고했다. 경찰이 도망가고 있던 딸을 포함한 몇 명을 의심하고 경찰차에 태워 경찰서로 끌고 갔다.

딸에게 전화했다.

"엄마, 나 안 훔쳤어. 정말이야. 나 믿지?"

"그래, 엄마는 믿지. 일단 알았으니 기다려 봐."

절도 여부는 경찰이 밝혀주겠지. 문제는 아이의 태도였다. 경찰 측에 예의 바르게 행동하고 공손히 대답해야 할 텐데 걱정이 되었다. 나는 아이에게 삐딱선 타지 말고 최대한 공손하게 대답하라고 신신당부했다. 초범이고 미성년자이니 태도 여하에 따라 정상참작이 될 거라고 몇 번이나 반복했다.

경찰서에 도착하자 청소년 담당 여경의 질문이 시작되었다. 딸은 삐딱한 자세로 앉아 마치 당신과 같은 부류의 인간과는 상종하기 싫다는 표정으로 일관했다.

"이쪽으로 도망간 게 맞아? 오른쪽이야? 왼쪽이야?"

"생각이 안 나요."

"잘 생각해 봐."

"잘 모르겠어요."

"그럼 왜 도망갔어?"

"경찰이 오니까 도망갔죠."

이런 말도 안 되는 질문이 어디 있단 말인가? 마치 '너 도둑이야'라고 단정하고 유도 신문하고 있는 게 느껴졌다. 나와 같은 마음인지 딸은 어이가 없다는 듯이 퉁명스럽게 대답했다. 나는 딸의 발을 툭툭 치면서 신호를 보냈다. 유도 신문에 발끈해서 예의 없이 대답하면 할수록 불리한 것을 인지시키기 위해서였다.

이 광경을 목격한 상사 경찰관이 쯧쯧 소리를 내며 못마땅한 듯이 쳐다보았다. 급기야 따로 여경을 부르더니 말했다.

"싹수없는 녀석이니 혼쭐을 내줘라."

여경은 말없이 고개만 끄덕거렸다.

여경은 따로 나를 부르더니 아이의 태도가 너무 불손하다고 지적했다. 나는 무조건 죄송하다고 하고 엄마를 봐서라도 잘 부탁한다고 거듭 말했다. 여경은 일단 피해자에게 합의금을 전하라고 했다. 합의한다는 것은 범죄를 인정한다는 의미다. 그렇다고 합의를 안 하면 의의 신청하고 맞고소해서 변호사를 선정하고 법정을 오가는 등의 복잡한 일이 벌어진다. 나는 뭔가 억울했다. 하지만 아이를 데리고 법정에 들락날락할 생각을 하니 머리가 더 아팠다. 결국 나는 돈으로 해결했다.

그런데 경찰청에서 등기가 왔다. 아이와 함께 법원으로 출두하라는 내용이었다. 나는 직감했다. 경찰에서 그 상사와 여경이 아이의 불손을 이유로 당해보라고 뒤통수를 친 게 틀림없다는 생각이 들었다. 나는 변호사 사무실의 사무관으로 재직 중이던 후배에게 자초지종을 설명하고 도움을 요청했다. 하지만 이미 법원으로 넘어간 이상 방법이 없다는 이야기만 전해 들었다.

나와 막내는 똥차를 타고 법원으로 갔다. 수원 법원에서 아이는 판사 앞에 섰다. 판사는 합의금은 주었는지, 반성은 하고 있는지 물었다. 아이는 두 손을 가지런히 모으고 "예"라고 대답했다. 법원에 출두한 몇몇 다른 청소년 아이들의 순서가 끝나자 딸을 어디론가 데려갔다. 그런데 아무리 기다려도 딸이 나오지 않았다. 법원 관계자에게 물어보니 보호관찰소라는 곳으로 벌써 이송되었다고 말했다.

그렇게 딸은 전혀 준비도 없이 보호관찰소에 들어갔다. 보호관찰소는 소년원과는 달리 말 그대로 청소년들을 보호하고 관찰하는 곳이었다. 나는 대한민국 법치주의 국가에서 날강도 같은 법의 처분을 받았다. 나는 이 상황이 도저히 납득이 안 되고 억울해서 그 여경에게 전화해보았다. 끝내 받지 않았다.

나는 다음 날, 새벽같이 일어나 면회하러 갔다. 아이가 좋아하는 과자와 음료수를 사 들고 대기실에서 기다리다 순서가 되자 들어갔다. 아이 얼굴을 보자마자 눈물이 얼굴을 타고 내려왔다. 딸도 덩달아 울었다. 그렇게 한참을 울었다. 그러다가 웃었다. 울다가 웃다가를 반복하니 엉덩이에 털 나겠다고 또 웃었다.

그렇게 한동안 나의 하루는 막내의 면회로 시작되었다. 보호관찰소는 새벽 6시에 기상하고 9시면 소등한다. 담당자는 딸이 얌전하고, 말이 없다고 전했다. 막내는 가부좌하고 온종일 앉아 있으니 허리가 아프다고 했다. 화장실을 공동으로 써야 해서 물도 잘 안 마시고, 밥도 잘 안 먹는다고도 했다.

나는 막내가 보호관찰소 내의 아이들과 연락처를 주고받아 나중에 그 아이들과 어울릴까 봐 염려되었다. 막내는 나의 우려를 단번에 없애는 말을 했다.

"엄마, 여기서 내가 제일 착해. 여기 애들 장난 아니야. 애들 술집에 팔아넘긴 양아치도 있어. 깡패 저리 가라야. 술집에서 일하는 애들도 많아. 걱정하지 마. 나는 그런 애들하고 말 안 섞어. 내가 포커페이스 하고 입 꼭 다물고 있어서 아무도 나한테 말 안 걸어."

우리 애는 이 진흙탕 같은 곳에서 상대적으로 천사였다. 고고한 얼음 공주였다.

막내가 중학교 시절, 내가 근무하는 학원에 다닐 때가 생각난다. 막내와 같은 클래스에 공부를 잘했지만, 왕따를 당했던 아이가 있었다. 막내는 이 친구에게 무슨 속셈인지 쉬는 시간에 종이비행기를 날렸다. 그 친구가 안쓰러워 보였나 보다. 종이비행기를 날린 이후 둘은 급속도로 친해졌고, 왕따 친구의 옆자리는 항상 막내가 차지했다.

막내가 학원 거부를 선언한 후, 등원을 하지 않았더니 몇 달이 지나도록 그 친구의 옆자리는 비어 있었다. 그 친구는 막내가 언제 다시 등원하냐고 학원에 다니는 내내 물어보았다. 나는 그때 알았다. 막내는 어딜 가나 존재감을 풍기는 아이라는 사실을 말이다.

아이를 절대 '감정 쓰레기통' 취급하지 마라

생각해보면 나도 잘한 게 없더라

보호관찰소에서는 아이의 행동 변화 하나하나를 감시당하고 점수가 매겨진다. 부모가 얼마나 아이에게 관심을 가지고 대하는지도 영향이 있다고 한다. 보호관찰소에서 배정해준 국선변호사로부터 아이의 빠른 사회복귀에 필요한 서류를 안내받았다. 필요한 서류는 열 가지가 넘었다. 우울증 병력이 있으면 병원 측으로부터 우울증 진단서와 의사 소견서를 받아오라고 했다. 아이는 제주도에서의 1년 반 생활 동안 장기결석을 인정받기 위해 우울증 검사 소견서를 받은 적이 있었다.

학교에서도 학부모가 직접 내원해서 장기결석에 대한 사유서를 작성하라고 했다. 나는 막내의 생활 지도 담당 선생님과 면담해서 장기결석에 대한 자초지종을 설명했다. 그런데 이분이 의외의 말씀을 하셨다.

"어머니, 이 정도는 아무것도 아닙니다. 제가 따님을 잘 아는데요. 인사성도 바르고 똑똑한 아이예요. 누구를 때린 것도 아니고, 몹쓸 짓 한 것도 아니잖아요."

담임선생님도 잘 해결되어서 학교로 빨리 돌아왔으면 좋겠다고 위로의 말씀을 하셨다.

특성화고 선생님들은 남학생들의 폭력성이나 폭력 학생 부모들의 방조, 그리고 아이 못지않은 무식한 언행이 혀를 내두를 정도라고 한다. 결석하고 음주하고 공부 안 하는 막내의 정도는 준수한 편이란다. 자식을 위해 포기하지 않고 동분서주하는 나와 같은 경우의 부모는 드물다고도 하셨다. 선생님들로부터 막내에 대한 칭찬을 듣는 것은 처음이었다.

중학교 시절의 선생님들은 딸의 언행 하나하나를 지적질하고 벌칙과 교칙으로 일관했다. 졸업을 못 시킨다는 등의 엄포를 했고, 그때마다 나는 죄인처럼 고개를 떨구어야만 했다.

일을 병행하면서 면회 다니랴, 서류 준비하랴, 몸이 열 개여도 부족했다. 필요한 서류를 다 준비하고 국선변호사 사무실을 방문했다. 보호자 면담을 하는 동안 변호사님은 "제가 청소년 보호자 면담을 수없이 진행해보았지만, 어머님처럼 자녀에 대한 성의를 보인 분은 못 보았습니다. 이렇게 아이에 대한 정성이 지극하니 좋은 소식이 있을 거예요"라고 하셨다.

막내는 보호관찰소에서 아무런 사건 사고 없이 잘 생활해나갔다. 3주쯤 지나자, 일주일 후면 사회에 복귀할 수 있다는 연락을 받았다. 막내는 이 소식을 듣고 오랜만에 활짝 웃었다.

"좋다. 바깥 공기가 너무 그리워. 강아지도 보고 싶고. 여기서 나가면 제빵 배우고 싶어."

한정된 공간 안에서 이야기를 나누니, 그동안 못 나누었던 장래 소망에 대한 진지한 내용도 주고받았다. 자유가 얼마나 소중한지 몸소 체험했으니, 이제부터는 정신 차릴 거라 기대했다.

한 달의 보호관찰소 생활에서 풀려난 막내는 집으로 왔다. 막내는 바깥 공기를 마시고 두 발로 흙을 밟을 수 있어서 너무 행복하다고 했다. 그 후로 한 달 동안, 10시 정각이 되면 막내가 집에 있는지 확인하기 위해 보호관찰소 직원으로부터 전화가 왔다. 밖에서 놀다가 받지 못할 때는 담당자로부터 호출 명령을 받았다. 나라에서 운영하는 청소년 상담도 나와 함께 네 번에 걸쳐 받았다. 심리 상담과 더불어, 아이에게 부족한 규칙과 규율 지키는 방법, 부모로서 아이에게 해야 할 언행과 문제 대처 방법 등을 다루었다.

아이는 한부모 가정이라는 원치 않은 상황에서 결핍과 상처를 받았다. 한부모가 아무리 애정을 쏟고 관심을 기울여도 채워지지 않은 빈자리를 느꼈으리라 생각한다. 한부모는 한부모다. 한순간에 폭발한 게 아니다. 잠재의식에 자리 잡았던 한부모 가정이라는 결핍이 사춘기라는 격동기에 수면 위로 드러난 것이다. 나는 그런 아이의 마음을 제때 잘

싸매어주지 못했다.

생각해보면 나는 때때로 외벌이와 양육의 고단함을 만만한 아이들에게 풀기도 했다. 밤늦게까지 일하고 피곤에 찌든 상태로 들어가, 어지럽혀진 집 안을 보고 화를 내고 소리를 지른 적도 있었다. 친정 식구들에게조차 자존심을 지키느라 이혼 후의 힘든 모습을 내색하지 않았다. 아무에게도 도움을 요청할 줄 몰랐다. 아니, 요청하기 싫었다. 아무렇지도 않은 척, 잘 사는 척했다. 그렇게 아이들의 외롭고 힘든 마음을 제대로 안아주지 못하고 내 감정 쓰레기통 취급을 했다.

행복하고 좋은 시절이 있었음을 기억하자

처음부터 엇나가는 아이는 없다. 막내가 초등학교 3학년 때의 일이다. 막내는 퇴근한 나를 주방으로 이끌더니, "엄마, 일하느라 힘들었지? 내가 엄마 먹으라고 국수 만들었어"라고 말했다. 세상에서 가장 맛있는 국수였다. 나는 너무 환상적인 맛이라며 고맙다고 아이에게 뽀뽀 세례를 했다.

국수 삶는 게 아이에게 쉬운 일이 아니었을 것이다. 냄비에 물을 넣고 물이 팔팔 끓어오르면 국수를 넣고 삶아야 한다. 면이 적당히 잘 익으려면 국수 삶는 시간도 잘 맞춰야 한다. 그리고 다 삶아진 국수를 재빨리 찬물에 헹궈야 한다. 게다가 멸치 국물을 우려내고 채소를 썰어

고명까지 얹어낸 완벽한 국수였다. 이 과정을 초등학교 3학년이 누구의 도움 없이 혼자 해냈다는 게 참 대단했다. 아마 내가 국수 삶는 모습을 어깨너머로 눈여겨보았나 보다. 맛있게 먹는 엄마를 상상하면서 온 정성을 들여 국수를 만들었을 아이를 생각하면 지금도 여전히 마음이 따뜻해진다.

큰아이는 학교 방과 후에서 기타를 배웠다. 중학교 3학년 때 누워 있는 내 머리맡에서 "엄마, 내가 엄마 들려주려고 한 달간 연습했어. 들어봐"라고 말한 후, 기타 선율과 함께 내가 좋아하는 이문세의 〈옛사랑〉을 불러 주었다. 어떤 사랑의 노래보다도 감미로웠다. 천상의 목소리로 사랑의 세레나데를 듣는 것처럼 그 순간이 너무나 행복했다. 나를 위해 내가 좋아하는 노래를 한 달간이나 연습해 노래해준 딸이 너무나 고마웠다. 행복해서 눈물이 흘러내렸다.

"딸, 제법인데? 이문세보다 더 잘 부르네. 고마워. 덕분에 완전 힐링되네."

큰딸은 그 후에도 내게 아름다운 기타 선율과 함께 노래를 종종 들려주었다.

제주도에서 지내던 중, 막내 친구들을 제주도로 초대해 휴가를 내고 여행한 적이 있었다. 해변에 텐트를 치고 모래사장에서 일광욕을 즐겼다. 모래를 파서 그 안에 쏙 들어가 모래찜질을 하며 즐겁게 보냈다. 밤 늦게까지 운전사 노릇을 하며 지극정성으로 아이들의 시중을 들었다. 집에 와서도 해물찜에 회를 곁들어 식탁을 차렸다. 아이들은 비명을 지르며 좋아했다.

막내는 불쑥 "엄마 고마워. 엄마가 내 엄마라서 너무 좋아"라고 했다. 엄마로서 최고로 보람된 순간이었다.

우리는 시련이라는 그림자로 인해 좋은 기억을 자꾸 잊어버린다. 감정의 소용돌이에 휘말려 아이들의 잘잘못을 따지고 훈육하려 든다. 하지만 아이에게 필요한 것은 훈육이 아니라 무조건적인 사랑이다.

사춘기에는 훈계와 잔소리보다 기다림의 미덕이 필요하다. 그 시기의 아이들은 조그만 일에도 쉽게 짜증을 내고 어른들과의 의견 차이로 말다툼하기 일쑤다. 부모보다 친구들과 지내는 시간이 많다 보니 또래들의 행동을 모방하는 '또래집단 압력' 증후군을 겪는다. 이런 변화를 지극히 자랑스럽게 여기고 기쁘게 생각해야 한다.

안나 프로이트(Anna Freud)는 "사춘기에는 이성에 대한 관심은 커지는데 상황을 조절하는 능력이 미약해서 정신적인 불균형과 모순을 겪는다"라고 말했다. 그녀는 이런 모순을 다음과 같이 표현한다.

"사춘기 아이들은 자신이 이 세상의 중심이다. 집단생활에 정열적으로 참여하지만, 고독에 대한 향수를 가지기도 한다. 금욕적이면서도 원시적인 본능적 충동에 빠지기도 한다. 피로를 모를 정도로 열심히 살다가도 곧잘 게으름에 빠지기도 한다."

그렇다. 사춘기 아이들은 모순투성이다. 이런 양면성과 모순을 받아들이지 않으면 정서적으로 부딪치게 된다. 점점 대화의 창이 닫힌다. 아이들은 이런 격동기를 거쳐 자기의 정체성, 즉 자아를 찾아가는 것이다. 외모에 신경을 쓰는 것도 이성에 관심을 가지게 되었다는 증거다. 부모는 이런 행동에 대해 핀잔을 주기보다 아이의 자아가 눈을 떠가고 있다고 인정해주는 게 좋다.

나도 사춘기 시절이 있었다

나는 사춘기가 늦게 왔던 것 같다. 고등학교 시절, 공부를 등한시하고 그림을 그린답시고 야간자율학습을 빠지고 걸핏 하면 미술실에 가서 살았다. 담임선생님이 그림대회에 보내주지 않는다고 담임선생님의 수업 시간에 대놓고 책상에 엎드려 수업을 거부했다. 아침에도 툭하면 지각을 일삼았고, 벌을 주는 선생님께 말대답하다 매도 맞았다.

생각해보면, 나는 엄마라는 이름으로 살아가고 있지만, 허점투성이의 인간이다. 남의 눈의 티끌은 보면서 제 눈의 대들보는 보지 못한다. 내가 하면 사정이 있는 것이고, 네가 하면 잘못하는 것이라고 생각하는 것이다.

마이클 싱어는《상처받지 않는 영혼》에서 말한다.

"삶의 한가운데에서 자신을 마음의 속박으로부터 풀어놓음으로써, 당신은 영혼을 위해 자유를 훔쳐낸다. 이 크나큰 자유는 특별한 이름을 가지고 있다. 바로 '해탈'이다."

그렇다. 싱글맘, 싱글대디여, 자식을 잘 키워야 한다는 압박에서 벗어나라. 때로는 해탈하라.

자식을 소유물이 아닌 하나의 인격체로 대하면 멋진 인격체로 성장한다. 나는 아이들이 20대가 되어서야 이 사실을 깨달았다. 이제라도 깨닫게 해준 아이들이 고맙다. 그러니, 아이들이 스승인 셈이다.

일상을 무너뜨리는
갱년기 극복기

몸이 먼저 아프다

어느 날부터인가 한 계단 올라가는 게 숨이 찼다. 나중에는 한 걸음 디디는 것마저 힘들었다. 강의가 직업이라 말을 해야 하는데, 말 한마디 하는 게 힘에 부쳤다. 몸이 아픈 것뿐만 아니라, 잠을 한숨도 못 이루는 밤이 지속되었다. 잠을 못 자니 불안증, 수전증도 생겼다.

나는 그 와중에도 수면제만은 먹지 않으리라 버텼다. 하지만 잠을 계속 못 자니 정신이 멍해지고 글자가 머리에 들어오지 않아 수업하는 것조차 힘들었다. 할 수 없이 수면제를 먹기 시작했다. 수면제를 복용하고 며칠 지나면서부터는 내성이 생겨, 수면제를 먹어도 잠이 오지 않았다. 마음이 너무 우울해지고 사소한 일에도 극도로 예민해졌다. 나는 극심한 갱년기에 시달렸다.

산부인과 병원에서 검사를 받았더니 폐경이 진행되고 있다고 했다. 내 빈혈 수치는 6이어서 정상치의 12를 훨씬 밑돌아 방치하면 죽을 수도 있다고도 전했다. 이 상태에서는 일은커녕, 한 걸음 옮기는 것도 무리일 거라며 혈액 주사를 권고하셨다. 열 번에 걸쳐 혈액 주사를 맞고, 빈혈 재검사에서 정상 수치에 다다를 수 있었다.

자궁을 눌러 통증과 출혈을 일으키는 난소 물혹 제거 수술도 병행했다. 우울증 진단검사에서 우울증으로 판명되어 의사로부터 우울증 약을 먹어야 한다는 말을 들었다. 한번 복용하면 끊기 힘든 게 우울증 약이다. 나는 어떻게든 내 의지로 버텨보겠다며 우울증 약 처방을 거부했다. 아이들을 가르치는 게 직업인데, 약 먹고 몽롱한 상태에서 헛소리가 나오지 않을까 우려되었다.

나와의 긴 싸움이 시작되었다. 수면제를 먹어도, 먹지 않아도, 수면제를 바꿔 복용해도 1년여 동안 잠을 못 이루니 체중이 더 줄었다. 얼굴은 흡사 해골 같았다. 삶의 질이 급격히 떨어지고 있었다. 지인들과 오랜만에 만난 가족들이 내 모습을 보더니, 너무 말라서 시체가 걸어가는 것처럼 보인다고 했다. 어느 날 머릿속에서 사이렌 소리가 울렸다. 이명이었다. 나는 좀비가 되어가고 있었다.

이 총체적 난국을 해결하기 위해 나는 일단 수면제 복용을 끊기로 결정했다. 어차피 내성이 생겨서 수면제를 복용해도 소용없었다. 유튜브로 잠 잘 오는 방법에 대한 영상을 수도 없이 찾아보았다. 잠을 잘 오게 하는 음식과 차를 구매해서 먹고, 좋아하던 커피도 끊었다.

갱년기 극복 방법

《비우고 낮추면 반드시 낫는다》를 통해 의학박사인 전홍준 박사의 자연 치료법에 대해 알게 되었다. 비운다는 의미는, 소식을 해서 위를 비운다는 개념이다. 낮춘다는 의미는 복식호흡을 통해 호흡을 배꼽 아래로 낮춘다는 개념이다. 불면증과 우울증에 좋은 생채식 음식과 운동 요법, 의식 요법도 소개되어 있었다.

고오다 미쓰오(甲田光雄)의 《원조 생채식》에서 나오는 생채 요법에 따라 생채 주스를 직접 만들어 마셨다. 그의 책에 소개된 니시건강 요법을 아침마다 실행해보았다. 붕어 운동, 모관 운동, 합장합척 운동, 등배 운동을 20분 동안 실행해보았다. 그러자 혈액순환이 잘되고 건강해지는 느낌이 들었다.

《절제의 성공학》에서 미즈노 남보쿠(水野南北)는 보리쌀과 흰콩만 1년 동안 먹고 운명이 바뀌었다. 감옥살이 수감자 인생, 6개월밖에 남지 않은 시한부 인생에서 운명을 바꾸는 운명학자가 되었다. 자연 치유학 분야의 책을 읽고 공부하면서 나는 우리 몸의 질병은 스트레스, 과식, 과호흡에서 발생한다는 것을 알게 되었다. 마음을 바꾸고 의식을 성장시키는 것 역시 중요하다는 것도 알았다. 아는 것으로 끝내지 않고 적극적으로 일상 속에서 실천했다. 그렇게 내 건강은 회복되기 시작했고, 잠도 잘 자게 되었다.

여기서 잠깐, 내가 도움을 받은 수면 호흡법을 소개하고자 한다.

1. 해파리 호흡법 – 이 방법은 2차 세계대전 당시, 미국에서 수면 부족으로 시달렸던 조종사들을 위해 고안되었다. 바다에 사는 해파리처럼 천천히 심호흡하는 훈련을 6개월 반복해 어디서든 2분 만에 숙면할 수 있었다고 한다. 방법은 간단하다.
   일단 잠자리에 누워서 눈을 감고, 얼굴의 힘을 뺀다. 이마, 눈, 혀, 턱, 뺨의 순서로 힘을 빼준다. 그다음 어깨로 내려와 최대한 힘을 빼고 늘어뜨린다. 그리고 팔, 허벅지, 종아리, 발목, 발가락까지 하나씩 힘을 뺀다. 그 상태에서 천천히 심호흡을 세 번 한다. 처음에는 어렵지만, 꾸준히 계속하면 숙면하는 데 도움이 된다.
2. 478 호흡법 – 잠자리에 누워, 4초 동안 숨을 들이마시고 8초 동안 숨을 참다가 7초 동안 몸의 힘을 빼면서 숨을 내쉰다. 처음 하는 경우, 7초 이상 숨을 참는 게 어려울 수도 있으니, 처음에는 345 호흡으로 시작한다. 즉, 3초 동안 숨을 들이마시고, 4초 참고, 5초 동안 내쉬는 거다. 익숙해지면 시간을 천천히 늘려가면 된다. 내가 해본 결과 효과 만점이었다.

우리 몸은 스트레스를 받으면 심장이 빨리 뛰는데, 이렇게 되면 쉽게 잠을 못 자게 된다. 반대로 호흡을 천천히 하면, 심장이 천천히 뛰고 자연스럽게 이완된다. 호흡 하나로도 우리 몸의 긴장과 이완을 조절할 수 있다는 이야기다.

햇볕을 쬐면서 산책해본다. 갱년기에는 골다공증 위험이 동반한다. 골다공증의 최고 명약은 걷기다. 산책길에서, 황대권 작가의 《야생초 편지》에서 배운 야생초를 발견하고, 걸음을 멈춰본다. 황대권 작가는 '야생초는 단순한 풀이 아니라 새로운 문명을 여는 상징'이라고 했다.

파릇파릇 솟아나는 새로운 생명의 기운과 자연의 신비함에 감사하다. 생활의 밀도를 높이면 안 보이던 것이 보이고, 작은 것에 감동하게 된다. 돌나물을 조심스럽게 뜯어 맛을 음미해본다. 야생초 중의 왕이라고 부르는 왕고들빼기 식물을 캐서 비빔밥에 얹어 먹으면 내 혀가 춤을 춘다. 먹을 것의 소중함을 모르고 마음이 닫혀 있으면 혀의 미각도 사라지게 된다.

나는 예전에 아이들에게 공부를 가르치고 집에 오면, 허기가 져서 TV를 보며 폭식하곤 했다. 낮 동안 수업하느라 제대로 먹지 못하고 쉬지 못한 것에 대한 보상 심리였다. 하지만 다음 날이 되면 속이 쓰리고 위가 안 좋아져 병원의 위약 처방을 받아야만 했다.

지금은 야식을 피하고 음식은 70~80%의 포만감이 오면 수저를 내려놓는다. 친구들과 밤늦게까지 노는 것도 자제하는 편이다. 의미 없이 시간을 낭비하는 것보다 독서하고, 블로그에 글을 쓰며, 애완견과 산책하는 게 더 즐겁고 행복하다.

우리 몸은 정직하다. 날마다 육체노동으로 혹사당하고 스트레스에 시달리다 보면 몸에 질병이 생긴다. 예민한 성격일수록 갱년기는 더 심하게 찾아온다. '오죽하면 사춘기보다 더 무서운 게 갱년기다'라는 말이 생겼을까?

나를 사랑하고 아끼는 연습부터 하자. 몸이 보내는 시그널에 귀 기울여보자. 타인에게 하는 따뜻한 말을 내게도 해보자.

"내 몸아, 나를 돌봐줘서 고마워. 그리고 사랑해."

삶이 힘든 만큼 긍정의 힘이 필요하다

나는 오늘 아침에도 눈뜨자마자 '나는 날마다 모든 면에서 점점 더 좋아지고 있다'라는 말을 스무 번 중얼거렸다. 에밀 쿠에(Emile Coue)의 《자기암시》에 의하면, '인간에게 큰 힘을 발휘하는 것은 의지가 아니라 상상'이라고 한다. 나는 아침 운동 루틴을 실행하면서 네빌 고다드의 책에서처럼 "감사합니다. 사랑합니다"를 오백 번 되뇐다. 자기 전, 개인 노트에 오늘 하루 있었던 일 중 감사한 일 다섯 가지를 써 내려가며 진심으로 감사함을 느낀다.

아주 사소한 것에 감사한다. 이렇게 나만의 글을 쓸 수 있음에 감사하고, 베스트셀러 되기라는 소망이 있음을 감사한다. 얼마나 쉬운가? 원하는 바를 상상하기만 하면 현실이 된다. 나폴레온 힐의 《놓치고 싶지 않은 나의 꿈 나의 인생》에서는, 성공에 필요한 딱 한 가지는 긍정적인 사고방식이라고 한다. 실패 공포증에 시달려온 나와 같은 사람은 자신감에 가득 찬 성공 의식으로 전환해야 한다. 반드시 부를 손에 넣겠다고 절실히 원할 때, 그 소망은 먼저 마음속에서 싹트고 점점 더 성장하는 것을 느낄 수 있으리라.

잠재의식의 아버지 조셉 머피(Joseph Murphy)의 《잠재의식의 힘》에서도 저자는 원하는 결말을 상상하고 실제처럼 느껴보라고 전한다. 나는 어렸을 때, 가난한 가정환경을 비관하고 부모님을 원망하기도 했다. 이혼한 나 자신이 부끄러워 사람들 앞에 떳떳하게 나서지 못했다. 딸의 사춘기 반란으로 인해 괴로워하고, '이렇게 사느니 차라리 죽어버렸으면' 하는 생각도 했다. 하지만 의식에 관한 책을 읽으면서 나의 이런 부정적인 생각이 현재의 나를 만들었다는 사실을 깨달았다.

'나는 이제 긍정의 아이콘이다'라고 나 자신을 규정해본다. 나는 긍정의 말로 부와 행운과 건강을 끌어올 줄 아는 사람이 되었다. 나는 평범한 사람이 아니다. 그동안 나의 비범함을 깨닫지 못했을 뿐이다. 자기 삶의 주인공은 바로 자기 자신이다.

나는 내 삶의 스토리를 솔직하게 드러내고 토로할 수 있는 작가가 되고 싶다. 내 아픈 경험을 글로 녹여내어 누군가의 공감을 이끌어낼 수 있는 삶을 꿈꿔본다. 나와 같은 싱글맘과 싱글대디, 그리고 그 가족들에게 살아갈 용기와 소망을 줄 수 있으면 더욱 좋겠다.

《부와 행운을 끌어당기는 우주의 법칙》에서 저자는 무일푼, 무스펙에서 경제적 자유를 이루었다. 마음으로 보고, 믿으며, 이미 이루어졌음에 감사할 때 꿈이 실현된다고 한다. 바로 창조의 법칙이다. 가슴이 내 인생의 길 도우미다. 가슴이 시키는 일을 하는 자신이 자랑스럽다.

오늘도 나는 외쳐본다.

"나는 건강한 몸과 마음, 영혼, 언어와 행동으로 모든 것을 할 수 있다. 나는 부와 행운을 끌어당기는 자석이다. 나는 베스트셀러 작가다. 나는 경제적, 시간적 자유를 이루어 전 세계를 여행하며 다닌다."

생각만으로도 가슴이 벅차오르고 행복하다.

재혼보다 아이를
선택한 이유

때로는 뻔뻔해져도 좋아

아이들의 독립심은 엄마의 태도에서 생긴다

나는 20살이 넘은 두 아이와 살고 있다. 막내는 대학 대신 취업의 길을 선택했다. 또한, 빨리 돈을 벌어 독립하고 싶다는 의지를 밝혔다. 나는 본인의 능력만 된다면 그렇게 하라고 했다. 혼자 독립해서 살아보면, 경제 관념과 문제 해결 능력이 저절로 생길 거라고 판단했기 때문이다.

법륜 스님은 아이를 낳고 키우는 것은, 자식을 독립시키기 위한 것이라고 했다. 즉, 자식을 키우는 궁극적인 목표는 '독립'이라는 이야기다. 부모가 자식을 잘 키우려고 하지 않아도 부모 스스로 좋은 본보기를 보이면 알아서 잘 자란다고 한다. 그런데 자식을 애완용 동물처럼 과잉보호하니, 30살, 40살이 되어도 부모를 의지해 독립하지 못하는 것이다.

우리 부모들은 자식을 하나의 인격체로 대하고 자신의 삶을 살도록 놓아주는 게 필요하다. 설사 성인이 된 자녀가 부모가 보기에 완성되지 않고 서툴게 보일지라도 그들은 완벽한 인격체다. 자립할 수 있도록 응원해주는 것이 부모의 몫이다.

막내는 어느 날, 독립 선언을 했다. 친구와 함께 따로 나가서 살겠다고 말이다. 나는 처음에, 20대 초반의 어린 막내가 걱정스럽고 한편으로 믿지 못하는 마음도 있었다. 하지만 이미 독립할 결정을 했고, 살 집까지 알아보고 다닌다고 하니 말려봐야 소용이 없다고 생각했다. 그리고 자신만의 삶을 살아갈 때가 되었음을 인정해주고 응원하기로 마음을 먹었다.

이삿짐들을 차로 실어다 주고, 필요한 물품을 장만하는 데 기꺼이 동행해주었다. 같이 살기로 한 딸의 친구는 중학교 때부터 절친했고, 나와도 많은 추억을 공유한 아이라서 안심이 되었다. 우리 집에서 그리 멀지 않은 곳이니 왕래하기도 편해 보였다. 어린 줄만 알았던 막내가 홀로 설 결심을 하고, 새로운 삶에 도전하는 게 기특하고 대견해 보이기까지 했다.

한 사람의 삶은 혼자일 때 비로소 시작된다. 자신의 삶을 자기가 책임지고 자신이 필요한 돈을 스스로 버는 것이, 진정한 독립인 것이다. 이제 성인이 되었으니 부족하든, 아니든 나의 할 일은 다 한 것이다. 자식에게도 부모에게도, '건강한 분리'가 필요하다.

자식이 떠나고 부모만 혼자 집에 남는 것을 '빈 둥지 증후군'이라고 한다. 빈 둥지 증후군을 꼭 '떠남', '이별'의 눈으로만 보지 말고, 나만의 새로운 '자유의 탈출구'가 열렸다고 보면 어떨까? 자식이 떠난 빈자리를 나만의 드림 실현의 장으로 만들어보는 것이다. 버킷 리스트를 작성해보고, 그 리스트를 하나씩 실현하고 성취해나가는 것, 멋지지 않은가?

나는 50가지의 버킷리스트를 작성해보았다. 그 첫 번째가 바로 내 책을 써서 출판해보는 것이다. 나만의 스토리를 담아낸 책 말이다. 그동안 살아온 인생의 희로애락과 경험을 녹여내어 누군가에게 힘과 위로가 된다면 얼마나 좋은 일인가?

막내는 독립 후, 1년이 채 못 되어 다시 집으로 돌아왔다. 친구와 한 지붕 밑에서 살아보니, 가끔 의견이 맞지 않을 때도 있고, 무엇보다 경제적 이유가 컸다고 한다. 월세와 관리비, 공공요금, 생활비 등 스스로 해결해야 할 것들이 많아 버거웠다고 한다. 나는 그런 것을 몸소 겪고, 인생이 절대 만만하지 않다는 것을 스스로 깨우친 것만으로도 공부라고 생각한다. 그리고 더 성장해서 엄마의 둥지를 떠나고 싶으면 언제라도 응원해줄 생각이다.

'부모'라는 직업에도, '자식'이라는 직업에도 은퇴가 필요하다.

열 마디 잔소리보다 한 번의 행동이 낫다

잔소리의 사전적 의미는 '쓸데없이 자질구레한 말을 늘어놓음'이다. 잔소리는 하는 사람이 상대방의 잔소리 사유가 완전히 사라졌다고 판단될 때까지 계속된다. 시간이 지날수록 빈도와 강도가 높아진다. 전문가에 따르면, 잔소리하는 사람의 강박증과 불안장애가 듣는 사람의 우울증과 스트레스를 유발한다고 한다. 듣는 사람은 반복되는 잔소리가 영혼 깊숙이 파고들어 모든 것들을 파괴한다고 하니 정말 무서운 일이다.

잔소리가 얼마나 파괴적인지 톨스토이(Leo Tolstoy)의 인생을 들여다보면 알 수 있다. 톨스토이는 뛰어난 작품으로 살아생전에 사회적 명성을 한 몸에 받았다. 하지만 그는 부를 죄악시해서 인세를 잘 받지 않았다 그의 부인은 물질에 무관심한 남편에게 끊임없이 잔소리를 해댔다. 82살이 된 톨스토이는 어느 날, 집을 나와서 헤매다 11일 후에 숨을 거두고 만다.

그의 소원은 죽은 후에도 절대로 부인을 곁에 오지 못하도록 하는 것이었다고 한다. 잔소리의 폐해는 한 사람을 죽음으로 몰고 갈 정도로 하는 사람, 듣는 사람 모두를 비참하게 만든다. 잔소리를 계속 듣게 되면, 스트레스 호르몬인 코르티솔이 분비되어 코브라 독과 같은 치명적인 독이 온몸에 퍼지게 된다고 한다. 물론 듣는 사람은 잔소리의 내용에 아무런 관심도 없고, 들을 생각도 없다.

대부분의 잔소리는 소모적인 감정싸움으로 이어지게 마련이다. 잔소리를 아무리 해도, 그 잔소리의 원인을 해결해야 할 사람은 상대방이다. 문제 해결의 전적인 키는 상대방이 가지고 있다. 그래서 잔소리하기 전에 먼저 도움을 청하라.

양말이나 옷, 물건 등을 아무 데나 툭툭 던져놓는 아이들을 보면 울화통이 터진다. 끊임없이 잔소리해도 아이들은 쉽게 바뀌지 않는다. 엄마는 몇 번은 눈감아주다가 어느 한순간 감정이 폭발하는 경험이 있을 것이다.

"내가 물건을 치우라고 몇 번을 말해? 왜 자꾸 엄마 말을 무시해!"

아이들은 눈살을 찌푸리고, 그 순간을 모면하기 위해 치우는 척한다. 그러다 또 제자리걸음이다. 물건은 또 어질러지고 엄마 마음도 어질러진다.

이럴 때 잔소리가 아닌, 도움의 말이나 부탁의 말을 건네보자.

"딸, 엄마가 혼자 너희 물건까지 정리하려니 힘들어서 그런데, 자기 물건은 알아서 정리해주면 안 될까?"

"집에 들어오자마자 옷을 걸어두면, 나중에 찾기도 쉽고 바닥에서 구겨질 일도 없으니, 해볼래?"

"물건에도 생명이 있고 주파수가 있단다. 물건을 소중히 여기고 그 물건의 공간에 잘 두면 물건이 너에게 고마워할걸?"

상대방의 잘못을 지적하는 대신 방 정리의 유익한 점을 알려주고, 같이 거들어주는 센스를 발휘하면 아이들은 수긍하고 따라준다. 어릴 때 부모님이 잘못을 자꾸 지적질하고 잔소리했던 기억들을 한번 떠올려보자. 내가 양말이나 속옷을 손빨래할 때, 우리 아버지는 옆에 지켜 서서 잔소리하셨다.

"양말은 한 개씩 쫙 펴서 양말 바닥에 비누칠을 꼼꼼히 해서 박박 문질러야 한다"라는 식의 잔소리였다. 나는 잔소리가 듣기 싫어서, 아버지가 안 계실 때 몰래 후다닥 해치워버리곤 했다. 내가 듣기 싫은 소리를 굳이 자식들에게 대물림할 이유가 있을까?

"뭐 어쩌라고요?" 당당한 싱글맘 커밍아웃

나는 이제 누구를 만나든, 어디를 가든 당당하게 싱글맘이라고 밝힌다. 싱글맘이든, 양부모든 그게 뭐가 그리 중한가? 어떤 사고방식으로 삶을 대하고, 어떤 삶을 살아가고 있는지가 중요하다고 생각한다. 누구의 도움 없이 두 딸을 잘 키워왔고, 나도 건강한 사회 구성원으로서 몫을 다하고 있다.

남의 시선에 의연하게 대응하기까지 많은 시간이 걸렸다. 처음에 가장 나를 힘들게 한 것은 아이의 학교 방문이었다. 특히, 아이의 비행으로 아이의 담임선생님들을 마주할 때면 죄의식이 고개를 들었다. 한부모 가정이라는 결핍된 가정의 엄마로서, 나를 편견과 멸시의 시선으로 바라보는 것 같아 고개를 들 수가 없었다.

'그것 봐요. 당신이 한부모라서 아이도 이렇게 삐딱하게 굴고 있는 거라고요. 모전여전(母傳女傳)이네요'라는 말이 환청으로 들리는 듯했다. 내가 할 수 있는 말이라고는 "죄송합니다. 제가 부족해서 그러니 한 번만 봐주세요"뿐이었다.

아이 앞에서도, 선생님 앞에서도 나는 스스로 고개를 떨구었다. 나를 약자로 정의하면 약자의 태도를 취하게 되어 있다.

다른 사람이 만들어놓은 틀에, 혹은 스스로 만든 약자의 틀에 끼워 맞추고 살기에는 인생이 너무 아깝다. 나는 튼튼하고 굵은 멘탈 나무의 뿌리가 되어 나를 지켜나갈 것이다. 때때로 비바람이 몰아쳐 흔들릴 수는 있겠지만, 나를 뿌리째 망가뜨리지는 못할 것이다.

우리 인생에서 역경이라는 손님은 늘 찾아오게 되어 있다. 시시때때로 찾아오는 역경과 고난이라는 불청객을 의연하게 받아들이고 인정하고 버티면 알아서 나간다. 단순히 감정을 억누르는 게 아니라 감정을 다스릴 줄 알아야 한다. 그리고 나는 '생각보다 멘탈이 강하다'라고 스스로를 믿어보자.

누군가 무심코 던진 돌에 아파하지 말자. 내 마음은 작은 물고기가 아니다. 내 마음 안에는 단단한 코뿔소가 들어앉아 있다. 그리고 깊이 아파본 사람에게는 깊은 치유력이 있다. 나만이 가진 공감이라는 치유력으로 싱글맘, 싱글대디, 그 가족들의 아픈 마음을 치유하고 싶다.

아이들과의 건강한 소통,
이렇게 해보자

영어를 가르치는 선생님으로서의 현실적 조언

나는 학생들에게 영어를 가르친다. 학생들을 가르치거나 학부모들을 상대하려면 감정노동과 인내력이 필요하다. 수업 시간에 공부와 재미의 밸런스를 적당히 유지하는 것도 필요하다. 나는 어른 대상의 공무원 영어, 초중고 대상의 학원 수업, 과외, 공부방 운영, 학원 운영, 학교 방과 후 수업, 문화센터 수업 등 다양한 형태로 영어 수업을 해왔다.

15년 이상 강사를 하고 학원 운영을 하면서 깨달은 것은, 공부는 결국 스스로 해야 성과가 난다는 것이다. 초등학교 4학년까지는 엄마의 욕심과 밀어붙이기가 어느 정도 먹힌다. 하지만 초등학교 고학년이 되면, 엄마의 일방적인 공부 압력이 아이에게 더 이상 먹히지 않는다. 사춘기 아이의 자아상이 생기면, 아이는 엄마에게 역습을 가하고 공부를 아예 놓아버리는 경우를 많이 봐왔다.

심한 경우, 엄마의 일방적인 공부 강요로 가출하는 학생도 더러 있었다. 심지어 어떤 엄마는 멀쩡히 학원을 잘 다니는 아이에게 '말을 잘 안 들으면 모든 학원을 끊어버리겠다'라고 으름장을 놓는 경우도 있다. 이럴 경우, 아이는 집에서 받는 불안함과 초조함을 학원에 와서 고스란히 쏟아붓는다. 본인이 받은 스트레스를 다른 아이에게 돌려주는 악순환이 되는 것이다.

《아이의 공부지능》의 민성원 작가는 "공부를 잘하려면 IQ와 EQ 모두 중요하다. IQ가 순간적으로 판단하고 받아들이는 힘이라면, EQ는 과정 속에서 결과를 만들어내는 힘이라고 볼 수 있다"라고 말한다. 그리고 EQ, 즉 감성지능을 높이는 방법으로 우선 기다리는 습관을 들여주는 게 좋다고 한다. 아이들은 무엇인가를 얻기 위해서는 참고 기다려야 한다는 사실을 깨우칠 수 있다는 것이다.

기다리는 노력을 통해 충동을 조절하고 자기를 절제하는 능력을 키울 수 있다. 한 그루의 나무를 키우는 마음으로 아이를 대한다면 조급함은 일어나지 않는다고 생각한다. 아이들이 공부를 못하는 것은 단순히 게을러서가 아니다. 공부를 잘하고 싶어도 어려워서 못하고, 이해가 안 되니 공부가 싫다고 말하는 것뿐이다.

인생은 90%가 방황, 정체, 좌절이다. 그러다가 아주 가끔 빵 쏘아 올리는 불꽃놀이가 다른 사람들이 말하는 '당신의 성공'이다. 좌절을 느끼는 것은 당연한 것이고, 아이의 현재를 있는 그대로 인정하고 받아들여 보자. 좀처럼 결과가 나오지 않더라도 노력을 인정해주고, 무조건 지지해주고 응원해주는 게 부모의 몫이다.

제발 조바심 내지 말자. 그 조바심이 아이를 몰아세우게 되고 결국 아이를 망치게 한다. 그리고 아이에게 "공부해"라는 말을 하기 전에, 제발 부모가 먼저 공부하자.

완벽한 아이가 세상에 없듯이 완벽한 부모 또한 세상에 없다고 생각한다. 왜냐하면, 아직도 부모가 되어가는 도중이니 말이다. 추리소설 작가 아가사 크리스티(Agatha Christie)는 어린 시절, 소설을 쓰는 데 자신감이 없었다고 한다. 아가사 크리스티의 10살 위인 언니는 그런 동생에게 "넌 추리소설 못 써. 네가 그걸 한다고? 넌 추리소설 못 써"라고 찬물을 끼얹었다. 하지만 그녀의 어머니는 "아직 써본 적이 없잖아. 그런데 어떻게 안 된다고 말할 수 있니?"라고 말하며 연습용 노트를 사주고 오늘부터 당장 써보라고 했다.

아가사 크리스티의 어머니처럼, 지시가 아닌 응원을 해보면 어떨까? 이거 해라, 저거 해라 지시하는 감독자가 아니라, 아이의 인생은 아이의 것임을 인정해주고, 무조건 지지해주는 지지자가 되어야 아이의 기가 산다.

나를 수용하는 태도가 건강한 소통을 만든다

충고, 조언, 판단, 지시, 비난 등은 역기능적인 언어다. 만약 이런 언어나 대화가 습관화되어 있다면, 질문형 언어로 연습해보는 게 좋다. 이런 역기능적인 언어가 습관화된 데는 어렸을 때 부모님으로부터 그런 말투를 배웠기 때문이기도 하다.

우리 아버지는 삶의 굴곡이 많고 힘들게 사신 만큼, 중간이란 게 없으셨다. 화나면 바로 가족에게 폭발해버리는 성격이었다. 당연히 평소 쓰시는 말투는 늘 지시형 언어였다. 가부장적 사회의 전형적인 아버지 모습이었다. 어머니에게도 강압적인 말투를 쓰셨다. 우리 가족은 그런 아버지가 무서워서 무조건 복종해야만 했다. 물론 아버지가 자식들을 위해 희생과 헌신을 하셨던 것은 인정한다.

하지만 아버지의 강압적인 말투와 행동은, 한동안 내 삶을 지배할 만큼 트라우마로 남았다. 결혼 상대자를 고를 때도 아버지와 반대되는 순한 이미지의 배우자를 1순위로 삼았다. 나의 경우를 보더라도 역기능적인 언어는 그 사람의 평생을 좌우할 만큼 악영향을 미친다.

가족상담운동의 선구자였던 사티어(Virginia Satir)는 인간의 대화 패턴을 다섯 가지로 나누었다. 바로 회유형, 비난형, 초이성형, 산만형, 건강한 의사소통형이다.

그중에서 비난형과 건강한 의사소통형 두 개만 살펴보겠다.

첫 번째, 비난형은 자기 가치가 최고이며, 자기주장만 옳다고 생각한다. 모든 게 자기중심적이다. 다른 사람의 의견은 무시하니, 상호 소통 자체가 불가능하다.

예를 들어, 친구와 싸우고 난 후 아이가 엄마에게 "엄마, 나 오늘 친구랑 싸웠어. 그 친구가 자꾸 나를 무시해서 화가 났어"라고 말하면, 보통 엄마들은 "그래? 우리 아들이 친구가 무시해서 속상했구나. 어디 다친 데는 없어?"라며 딸의 속상한 마음을 감싸주려고 한다.

그런데 비난형 엄마는 "그렇다고 해서 싸우면 되니? 그 친구가 괜히 그랬겠어?"라고 말한다. 이런 비난의 말을 들은 아이는 안 그래도 속상한데, 엄마에게서 두 번의 상처를 받는다. 아이는 감정의 폭발이 화산처럼 더 일어날 것이다.

이런 사람의 특징은 타인의 잘못으로 본인이 피해를 받는다는 피해 의식이 상당히 강하다고 한다. 문제는 본인이 뭘 잘못했는지 인식하지 못하는 것이다. 가족을 위해 희생하고 사랑하는 마음이 있으면서도 비난하는 말만 하니 가족들에게 외면당하기 쉽다.

지금 생각해보니, 우리 아버지는 외톨이였다. 엄마를 중심으로 대화가 이루어졌고, 아버지와는 입을 닫고 살았다. 이런 유형의 사람들은 외국어를 새로 배우는 것처럼 언어를 완전히 바꿔야 한다. 상대방에게 따지듯이 "왜 그랬어?"라고 말하는 대신 "어, 그랬어? 속상했어?" 혹은 "그런 일이 있었어?" 이렇게 문장을 하나하나 완전히 새로 습득하는 과정이 필요하다.

두 번째, 건강한 의사소통은 다른 말로 '일치형 의사소통'이라고 한다. 내 마음의 감정이 겉으로 드러나는 표정과 언어와 일치해서 나오는 대화 패턴이다. 일치형으로 말을 하는 사람들의 말은 자연스럽다고 한다. 그 이유는 겉과 속이 항상 일치하기 때문이다. 자기 안의 내재된 나를 수용하지 않으면 일치형 의사소통을 하기 힘들다. 자신이 부족하고 수치스럽게 느껴져서 일치형 의사소통을 하기가 힘들다고 한다.

예를 들어, 멀리 떨어져 사는 자식에게 부모들은 "차비 들이지 말고 고생하는데 뭐하러 와? 절대 오지 마"라고 말한다고 하자. 우리 엄마도 예외가 아니다. 나는 나를 보고 싶어 하시면서도 이런 말을 하는 엄마의 심리를 잘 안다. 그런데 상대방의 말이 진심인지, 아닌지 의심하는 것 자체가 스트레스를 유발한다고 한다.

일치형 의사소통을 잘하는 사람들은 자기 감정에 솔직하고, 듣는 사람이 거북하지 않다. 내가 좀 욱하는 성격이 있다고 치자. 그러면 '내가 좀 욱하는 성격이 있지. 대신에, 나는 뒤에서 호박씨를 까거나 뒷담화를 하지는 않아' 하면서 나를 받아들이는 것이다. 내가 욱하는 성격이 있다고 해서 나를 심하게 비하하고 자괴감에 빠지는 것은 옳지 않다. 자기 안에 내재된 것들을 자꾸 비난하고 수치스럽게 생각하면 자존감이 약해진다. 이런 마음들이 의사소통 자체를 방해하고 있지 않나 생각해볼 필요가 있다.

내가 행동이 조금 느리다고 해보자. 나보다 행동이 빠른 사람들이 나보다 빨리 달려가는 모습을 보며, 느려터진 자신을 비난하고 실망하지 않고, '그래, 나는 조금 느려. 대신 매사에 차분하고 서두름이 없으니 자잘한 실수를 덜 하지'라고 자신을 수용하는 태도를 가져보자.

사실, 욱하고, 조금 느리고 이런 부분은 단점이 아니라 본질적인 자신의 모습이다. 이렇게 자기 수용과 일치형 의사소통은 긴밀한 관계가 있다.

내가 나를 있는 그대로 수용하고 받아들여야 건강한 대화의 출발이 가능하다. 내가 나를 수용하고 인정해야 다른 사람도, 부족해 보이는 가족도 있는 그대로 받아들일 수 있다. 자기를 대하는 건강한 마음이 건강한 대화를 만든다.

3 • • •

재혼보다 아이를 선택한 이유

재혼하라고 하는 아이의 속마음

우리 아이들은 나의 재혼에 대해 열린 마음을 가지고 있다. 막내는 어느 날 불쑥 "엄마는 재혼 안 해?"라고 물어보았다.

"음, 글쎄. 왜? 엄마가 재혼했으면 좋겠어?"

"엄마가 그동안 우리 키우느라 고생했으니까 이제 좋은 사람 만났으면 좋겠어."

"그래? 아직 생각은 없는데 한번 진지하게 생각해볼게."

나는 막내가 혼자 가장 노릇을 하며 고생하는 엄마가 가련해 보여서, 엄마의 행복을 바라는 마음이 고마웠다. 한편으로 그동안의 내 노고를 인정해주는 것 같아 기특하기도 했다.

막내는 어릴 때, 아빠의 부재에 대해 유독 민감하게 받아들였다. 사춘기를 혹독하게 치른 이유도 환경의 변화에 대한 혼란을 받아들이기 힘들어서였다고 생각한다. 주변 친구들이 대부분 한부모 가정의 아이들인 것을 보면, 양부모 가정에 대한 열등감이 마음속 깊이 자리 잡았던 것 같다. 또한 엄마의 재혼으로 새아빠가 생긴 친구가 새아빠와 가족여행도 가고, 용돈도 받았다는 이야기를 듣고 부러워하는 눈치였다.

큰딸 역시 엄마가 좋은 사람을 만났으면 좋겠다고 표현한다. 본인도 좋은 배우자를 만나 결혼하고 싶다고 한다. 그러면서 어떤 사윗감을 만났으면 하는지 의중을 물어보기도 했다. 나는 우리 딸을 소중히 여기고, 몸과 마음이 건강하며, 어느 정도의 비전도 가지고 있고, 주변 사람들과 잘 융합하는 선한 사람이 좋다고 했다.

애들이 어렸을 때는 아이들을 혼자 키우는 게 힘에 부쳐, 애들을 함께 돌봐주는 사람이 있었으면 하는 바람이 있었다. 아이들의 양육을 감당하면서 경제 활동까지 해야 하니 이중, 삼중으로 삶의 무게가 버겁게 느껴졌다.

그럼에도 불구하고 재혼을 망설였던 가장 직관적인 이유 중 하나는, 내가 딸만 둘이라는 사실이었다. 딸을 가진 부모들은 그 심정을 이해하리라 생각한다. TV 뉴스를 보면 계부가 친딸이 아닌 아이들에게 몹쓸 짓을 하는 사건이 종종 나오지 않는가? 그런 불행이 우리 가정에 일어나지 말라는 법이 없지 않은가? 힘들더라도 아이들만 데리고 사는 게 더 안전할 수도 있다는 결론을 내렸다.

무엇보다 전남편과 이혼하며 겪었던 쓰라린 기억들이 마음속 깊이 자리 잡고 있어서 누군가를 만나는 게 두렵게 느껴졌다. 재혼은 이전보다 더 나은 인생을 살기 위해 하는 것이다. 지금보다 더 행복한 삶에 대한 확신도 없이 하는 것은 피하고 싶다. 단지 삶이 외롭고 지루해서, 경제적인 부담을 덜기 위해 재혼을 쉽게 결정하고 싶지는 않다. 아이들도 다 자라 성인이 된 마당에 굳이 아빠가 필요한 것도 아니다.

재혼이 가장 어려운 점 중 하나는 가족 간의 결속력 문제다. 재혼을 통해 한 가족이 되었지만, 상대방의 가족을 내 가족처럼 대하는 게 쉽지 않을 것이다. 하루아침에 배우자의 역할과 더불어 부모의 역할을 감당해야 한다. 당연히 당사자와 배우자, 그 자녀에게도 긴장되고 혼란스러울 것이다. 재혼 배우자들이 각자의 자녀가 있을 때, 동거를 하는 것은 굉장히 어려운 문제다. 우선 호칭을 어떻게 해야 할 것인지가 먼저 넘어야 할 산이다.

초혼인 경우, 모든 것이 처음이기 때문에 두 사람이 서로 배려해주며, 맞춰가며 살아가면 된다. 하지만 재혼은 이미 이루어진 두 가정이 합쳐지는 것이어서 미성년 자녀, 성인 자녀, 각각의 가족관계 등이 너무나 복잡하게 얽혀 있다. 재혼 가정이 이런 어려운 산들을 넘지 못하고 또다시 이혼해야 한다면? 정말 생각하고 싶지도 않다.

재혼 후 성과 본을 바꾸는 경우

재혼 후 아이의 성을 재혼한 아빠의 성으로 바꿀 수 있을까?

자녀의 성과 본을 바꾸는 것을 '성본 변경'이라고 한다. 우리나라는 민법 제781조 제6항에 자녀의 복리를 위해 자녀의 성과 본을 변경할 필요가 있을 시에는 부모 또는 본인의 청구에 따라 법원의 허가를 받아 이를 변경할 수 있도록 규정하고 있다.

결론부터 말하자면, 성본 변경은 자녀의 행복에 도움이 되는 쪽으로 정해진다는 것이다. 자녀의 이익과 불이익을 비교해보고, 경우에 따라 법원이 불허 처분을 내리기도 한다.

재혼 시 아이의 성을 재혼한 아빠의 성으로 바꾸는 것은 매우 민감한 부분이다. 아이가 초등학생만 되어도 자기와 성이 다른 아빠로 인해 혼란을 겪을 수 있다. 법원에서는 자녀의 나이와 성숙도를 감안하고, 자녀 또는 친권자 양육자의 의사를 먼저 고려해서 판단한다.

자녀의 성본 변경이 이루어지지 않을 경우, 가족 사이의 정서적 통합에 방해가 되고, 가족 구성원에 대한 편견으로 학교생활이나 사회생활에서 겪게 되는 불이익의 정도를 따져본다. 다음으로 성본 변경이 이루어질 경우에 초래되는 정체성의 혼란이나 성본을 함께하는 친부나 형제 관계의 단절 및 부양의 중단 등으로 일어나는 불이익의 정도를 심리해본다. 자녀의 입장에서 두 가지 불이익의 정도를 비교 형량해서 자녀의 이익과 행복에 유익을 주는 쪽으로 허가 또는 불허 판정이 내려진다.

현재 우리나라는 호주제가 폐지되어 호적의 개념이 없어졌다고 봐야 한다. 마음만 먹으면 아이의 성과 본을 엄마의 성과 본으로 변경할 수 있다. 엄마의 성과 본으로 바꾼다고 해도, 아이와 아버지의 친부 관계는 계속 유지된다. 즉, 가족관계증명서에는 아이의 친아버지가 그대로 친부 관계가 유지된다. 성본을 변경한다고 해도, 자녀와 부모의 관계가 단절되는 것이 아니니, 친부의 양육비 지급의 무가 소멸되거나, 자녀의 아버지에 대한 상속권이 없어지는 것 또한 아니다.

내가 만약 자녀의 입장이라면, 재혼 시 성이 바뀌면 혼란스러운 정도를 넘어 이전의 삶 자체가 완전히 뒤집어질 가능성이 크다. 어느 날 조인숙이라는 내 이름이 김인숙으로 바뀌게 될 경우에 대해 생각해보았다. 핸드폰 이름에 갑자기 성이 바뀌어 뜬다면? 전혀 상상이 되지 않는다. 이제껏 조인숙으로 살았다. 나의 모든 삶과 기록에 조인숙이라는 역사가 살아 숨 쉬고 있다. 조인숙이라는 나라가 사라지고 새로운 나라가 만들어지는 것과 같다.

우리 자녀들에게 이런 혼란을 겪게 하고 싶지 않다. 나 역시, 하고 싶은 것을 즐기며 주도적으로 살고 있는 지금의 모습이 좋다. 행복하고 만족스러운 싱글맘 라이프는 내가 하기 나름이다.

그러나 가끔 잉꼬부부로 사는 지인의 모습을 보면 부럽기도 하다. 오랫동안 알고 지내 온 지인 집에 방문했을 때였다. 지인 부부는 막 김장을 마치고 어질러진 주변을 치우고 있었다. 남편은 고춧가루가 묻은 큰 그릇들과 작은 대야들을 씻고 있었다. 그러고는 깨끗이 물기를 닦고 정리까지 하는 것이었다. 나는 도란도란 이야기를 나누는 지인 부부의 모습을 보고 내심 부러웠다.

집으로 돌아오는 중에, 지인 남편과 같은 자상하고 따뜻한 사람이 옆에 있으면 좋겠다는 생각을 잠깐 했다. 우리 아이들이 다 성장했으니 재혼을 떠나 마음을 터놓을 수 있는 친구 같은 애인이 있으면 어떨까 상상해보았다. 하지만 재혼은 다른 문제다. 20년 동안 살아오면서 형성된 나만의 독립적인 싱글 라이프가 사라지는 것이다. 그냥 내가 하고 싶은 대로 사는 게 좋다.

연예인의 재혼 사례

재혼해서 잘 살고 있는 연예인 부부의 모습도 간간이 보인다. 인기 예능이었던 〈불타는 청춘〉에서 치와와 커플로 불린 김국진과 강수지는 실제 커플에서 결혼까지 해서 화제가 되었다. 결혼 후, 이들은 강수지의 딸과 강수지의 아버지까지 3대가 한 집에 거주한 것으로 밝혀졌다. 김국진의 경우처럼, 상대방의 아이와 부모까지 한 집안에 품는 사람이 과연 얼마나 있을까?

또 다른 연예인 재혼 사례는 배우 강경준과 장신영의 경우다. 연기 호흡을 맞추다가 연인 관계로 발전한 두 사람은 정식으로 부부가 되었다. 강경준은 초혼이었고, 장신영에게는 아들이 한 명 있는 상태였다.

이처럼 재혼 시 이전 배우자와의 자녀를 둔 경우가 많은데, 현행법상 재혼 배우자와 자녀에게는 상속권이 없다. 다만 입양 절차를 거쳐 법정 혈족으로 상속권을 받을 수 있다.

부부 한쪽이 배우자의 자녀를 입양하려면 1년 이상 혼인을 유지해야 한다. 또한 입양 시 친부모와 법률적 관계가 단절되므로 친부모 양쪽의 동의가 필요하다. 하지만 2012년에 이를 악용하는 것을 막기 위해 3년 이상 자녀에게 의무를 다하지 않았거나 학대, 유기했다면, 동의 없이도 입양이 가능하도록 민법이 개정되었다.

싱글맘으로 사는 게 마냥 행복한 순간만 있는 것은 아니다. 하지만 당당한 나로 살아간다면, 어떤 삶이든 가치 있는 삶이라고 생각한다. 그 누구도 내가 될 수 없다. 내가 나를 아끼고 존중하는 삶을 살자. 내가 나를 사랑해야 불행도 나를 함부로 대하지 않는다.
또한 나는 한 번의 실수 때문에 뒤처졌다고 생각하지 않는다. 왜냐하면 그 한 번의 실수 덕분에 내 삶을 돌아보고, 다시 앞으로 나갈 용기를 얻었기 때문이다.

90년대생과
친구 같은 엄마로 사는 방법

나는 90년대생과 산다

임홍택 작가의 《90년대생이 온다》라는 책이 굉장히 인기를 얻었다. 저자는 90년대생을 관찰하며 느낀 여러 가지 특징들을 책 속에 담아냈다. 90년대생의 특징을 요약해보면, 첫 번째로, 줄임말을 많이 쓴다. 두 번째로, 인생을 제대로 즐길 줄 안다. 남을 위해 희생하거나 배려하는 것보다 자기실현이 우선이다. 세 번째로, 자기감정에 솔직하고 매사에 좋고 싫음이 확실하다.

나는 이런 특징을 가진 90년대생과 한 지붕 밑에 산다. 한 명도 아닌 두 명과 산다. 50대인 내가 극과 극인 이들과 사는 게 쉽지만은 않다. 먹는 것, 입는 것, 생각하는 것, 심지어는 하루의 사이클 자체가 완전히 다르다.

내가 마음먹고, 한 상 가득 차려놓고 "밥 먹자"라고 하면 나중에 먹겠다고 한다. 그럼 나중에 진짜 먹느냐? 안 먹는다. 그 많은 반찬은 며칠 동안 냉장고에 방치되어 있다가 결국 쓰레기통으로 간다. 나는 이런 일들을 겪으면서도 또 혹시나 하는 마음에 밥을 차려준다. 또 역시나가 되고 만다. 그럼 나는 한동안 아이들을 위한 밥상을 차리지 않는다. 그리고 혼자 밥을 먹는다.

여기서 잠깐! 내가 만약 애들에게 정성껏 차려준 밥을 왜 안 먹느냐고 따지면 인생이 피곤해진다. 애들은 자기들만의 90년대생 사고로 이렇게 말한다.

"내가 차려달라고 한 적이 없잖아. 엄마가 차리고 싶어서 차린 거고. 그리고 지금 배가 안 고픈데, 억지로 먹어?"

그리고 내가 보기에, 몸에 안 좋아 보이는 달고 맵고 짠 양념이 음식의 거의 반을 차지하는 떡볶이와 양념치킨을 배달시켜 먹는다. 먹다 남은 떡볶이와 양념치킨이 냉장고에서 굴러다니다 결국 나의 손을 거쳐 쓰레기통으로 간다. 음식과 같이 온 음료수병과 쿨피스는 주인의 입에 닿아보지도 못하고 냉장고 한편에 고이고이 잠들어 있다.

또, 여기서 잠깐! 내가 만약 "왜 먹지도 않은 음식을 자꾸 시켜? 배달료가 아깝지도 않냐?"라고 잔소리하기 시작하면 또 인생이 피곤해진다. 그들은 이렇게 역습을 가해온다.

"엄마, 내가 먹고 싶은 것도 마음대로 못 먹으면 사는 재미가 없잖아. 내가 번 내 돈으로 배달시켜 먹는데 왜 그래?"

세월이 흘러, 몸을 챙겨야겠다는 시점이 오면, 내가 굳이 설명하지 않아도 알아서 건강식을 챙기게 될 것이다. 나도 예전에는 그랬으니까. 심지어 큰딸은 엄마가 어릴 때 아무리 바빠도 손수 밥상을 차려주어서 이렇게 날씬한 몸매를 유지하고 있다며 고마워한다. 다른 엄마들처럼 바쁘다는 핑계로 치킨에 피자를 시켜주었더라면 지금쯤 하마가 되었을 거라고.

우리 아이들도 어릴 때는 내가 해준 밥을 군소리 없이 잘 먹었다. 내가 사준 옷을 아무 불평 없이 잘 입었다. "새 나라의 어린이들은 일찍 자야지?" 하는 내 말에 일찍 잠자리에 들었다. 어린 시절에는 내 말에 토 달지 않고 잘 따라 주었다. 하지만 사춘기가 지나면서 나름의 정체성이 생기면서 자기의 주장을 내세우면서 자기 뜻대로 말하고 행동하기 시작한다.

이럴 때, 부모는 자녀가 부모를 거역하는 게 아니라, 한 어른으로 독립해가고 있다는 사실을 인정해주어야 한다. 내가 90년대생 아이들과 친구처럼 잘 지내는 것은, 바로 이 부분이다. 아이들의 취향과 입맛, 시간의 영역들을 인정해주는 것이다. 부모라는 이유로 다 자란 아이들을 나에게 끼워 맞추는 순간, 관계는 틀어진다. 인생 자체가 피곤해진다.

나는 몇 년 전까지 애들에게 가끔 내 한풀이를 했다. 자존감이 낮으면 자꾸 피해의식에 사로잡히게 된다. "내가 너희들을 키우느라 여태껏 혼자 힘들게 살았는데, 왜 고마움도 모르냐?"라며 고함을 질렀다. 생각해보면, 아이들은 아무 잘못이 없다. 이혼을 선택한 것은 나다. 아이들은 애초부터 아무 선택권이 없었다. 내가 선택한 인생에 희생양인 것처럼 구는 것은 잘못된 행동이다.

만약 아이들의 영역을 인정하지 못하고 매일 대립각을 세운다면 차라리 독립시키고 따로 사는 게 정답이다. 그냥 내보내라.

내가 아이들을 인정해주어야 나도 아이들에게 인정받는다.

예전에 《화성에서 온 남자, 금성에서 온 여자》라는 책이 있었다. 남자와 여자는 그만큼 다르다는 것을 강조하느라 서로 다른 행성에서 온 것처럼 묘사한 제목이다. 같은 세대를 사는 존재인데도 이렇게 차이가 나는데, 부녀간, 부자간의 나이 차이는 30년이 넘는다. 강산이 세 번이나 변하는 세월이다. 나는 이렇게 말하고 싶다.

'지구인 부모, 외계인 아들과 딸'

부모와 자식은 혈연으로 묶여 있지만, 완전히 다른 생명체라는 것을 인정해라. 굳이 그들의 머릿속이나 심리를 이해하려고 하지 마라. 그냥 외계인이라고 생각해라. 어차피 90년대 애들도 마찬가지로 나를 이해하지 못한다.

밥보다 스타벅스 테이크아웃

퇴근하면서 아이들의 손에 들려 있는 스타벅스 음료를 보고 내가 한마디 한다.

"딸(외계인), 저녁 먹었어?"

"아니, 안 먹어도 돼. 음료수 먹어서 배불러."

"그래. 혹시 배고프면 볶음밥 먹어."

볶음밥이 내일까지 남아 있으면 내가 맛있게 먹으면 된다. 나는 안 먹는다고 상처받지도 말고, 왜 안 먹냐고 따지지 말자는 나만의 원칙을 지키는 중이다. 아마도 조금 있으면 편의점에서 감자 칩과 젤리를 사 가지고 들어올지도 모른다. 내가 가끔 금요일이면 서울 막걸리나 와인을 사 들고 오는 것처럼 자연스럽게 받아들인다.

내게 김치볶음밥과 된장국, 나물 반찬이 주식인 것처럼, 애들에게는 닭가슴살 샐러드, 라면, 매운 닭발, 스파게티가 주식이다. 나도 가끔 단짠단짠 음식이 생각나 의기투합해서 같이 시켜 먹기도 한다. 우리 아이들도 어쩌다 속이 안 좋다면서 내가 해준 담백한 음식을 같이 먹을 때가 있다. 나는 그것으로 족하다.

적당한 거리가 건강한 관계를 만든다

법륜 스님이 이런 말을 했다.

"20살 넘으면 성인이니, 간섭하지 마라. 왜 자꾸 빨리 들어오라고 잔소리하는가? 밖에서 남자를 만나야 결혼도 하고 애도 낳는다. 평생 같이 살고 싶으면 그렇게 하라."

어릴 때는 품에 안아주고, 사춘기 때는 지켜봐주고, 성인이 되면 옆방 하숙생으로 볼 수 있어야 한다고 덧붙였다.

그렇다. 자식이 성인이 되면, 그냥 하숙생 딱 그 정도 거리로 살아야 한다. 굳이 말하면 돈 안 내는 무료 하숙생이다. 하숙생에게 늦게 들어온다고 핀잔하고, 방 안 치운다고 잔소리하면 그 하숙생은 뭐라고 하겠는가?

"내 인생에 왜 자꾸 끼어드십니까?", "제 인생 제가 알아서 하겠습니다"라고 말할 것이다.

자식이 성인이 되면, 나의 삶에 포커스를 맞추며 살아야 편해진다. 늦는다고 기다리지 말고 편히 잠자리에 들어라. 집 안에만 틀어박혀 사회와 단절해서 좀비처럼 사는 것보다는 낫지 않은가? 화장하고 몸치장하느라 1시간이나 공들이면서, 방 청소 안 한다고 그들이 잘못될 일은 없다.

'이 정도면 도사 아닌가?' 생각하겠지만, 사실 나는 내 할 일 하느라 바쁘다. 내가 하고 싶은 일에 집중하고 내 취미생활하고, 글 쓰며, 운동하느라 하루가 부족한 실정이다. 엄마가 행복해야 아이들도 행복하다. 엄마가 불행하면 아이들도 그 습성을 이어받아 불행하게 된다.

여행하고 싶으면 마음껏 떠나라. 자식이 안 놀아준다고 속 끓이지 말고 여행 동아리에 가입해라. 나를 위해 시간을 내주길 기다리면 평생 여행 못 간다. 나를 위한 힐링의 시간을 가져라.

　자, 이제 알겠는가? 적당한 거리가 건강한 관계를 만든다.

5 • • •

친구에게 해주는 다정한 말을
나한테도 해주라

나도 모르게 내뱉는 살벌한 말, 말, 말

하루 중 가장 많이 내뱉는 말을 보면 그 사람의 감정 상태를 알 수 있다. 몇 년 전까지만 해도 나는 습관처럼 "아, 짜증 나"라는 말을 하루에 수십 번 내뱉었다. 짜증 난다는 말을 내뱉는 순간, 정말 짜증 나는 일만 일어난다. 왜냐하면 그 말을 내뱉는 순간, 앞으로 일어나는 모든 일을 삐딱하게 보기 때문이다. 언어가 내 삶을 창조한다.

예를 들어보자. 학원 출근 시간이 임박했다. 자동차 키를 찾아본다. 하지만 늘 제자리에 꽂혀 있었던 키가 오늘따라 안 보인다 "아, 짜증 나. 키가 갑자기 어디로 사라진 거야?" 이리저리 뒤져보지만 안 보인다. 키를 찾느라 시간이 더 지체된다. 지하철을 타기로 하고 급하게 뛰어나간다. 엘리베이터를 내리는 순간, 핸드폰을 집에 두고 온 게 생각난다. "아, 진짜 완전 짜증 나네." 다시 올라간다. 시간은 더 지체된다. 결국 지각한다.

학원에 도착해보니, 원장님이 내 교실로 들어와 있다. 그러고는 지각하지 말라고 한 소리 한다. 애들이 수업 시간에 떠든다. 나는 평소보다 더 크게 반응하면서 짜증을 낸다. 정말 짜증 나는 하루가 계속된다. 나의 경험이다. 말이 씨가 된다는 말은 사실이다. 머피의 법칙이 나의 말한마디로 실현된 것이다.

이번에는 이 상황을 어떻게 반전시킬지 사건을 재구성해보았다.

출근 시간이 임박해오는데, 자동차 키가 안 보인다. 차 키를 찾느라 시간이 지체될 수 있다는 점을 인식한다. "음, 오늘은 운동 삼아 지하철을 이용해볼까?"라고 말하며, 지하철 앱을 이용해 지하철 시간을 체크한다. 지하철 시간에 맞춰나간다. 가는 길에 원장님께 전화를 걸어 상황을 설명하고 조금 늦을 수도 있으니 도와달라고 요청한다. 평소처럼 수업을 진행한다. 집으로 돌아와 여유롭게 키를 찾아본다. 만약의 사태를 위해 키를 두 개 복사해둔다.

머피의 법칙의 반대말은 '샐리의 법칙'이다. 계속해서 좋은 일만 생기고, 나쁜 일이 생기더라도 오히려 전화위복이 되는 경우를 말한다. 모든 일은 마음먹기에 달렸다. 안 좋은 일이 일어나더라도 운 탓을 하지 말자. 이미 일어난 일을 확대 해석해서 나에게 부정적인 영향을 미치는 말을 하지 말자. 인생을 살다 보면 좋을 때도 있고, 안 좋을 때도 있다. 단지 확률의 차이가 있을 뿐이다.

영국 총리였던 마거릿 대처(Margaret Thatcher)의 말을 인용해본다.

"생각을 조심하라. 그것이 나의 말이 된다.
말을 조심하라. 그것이 너의 행동이 된다.
행동을 조심하라. 그것이 너의 습관이 된다.
습관을 조심해라. 그것이 너의 운명이 된다."

샐리의 법칙을 적용해서 어떤 일이 일어나더라도 긍정적으로 생각하고, 행운이 일어날 것을 믿어보자. 자, 이제 큰 소리로 말해보자.

"대~박, 나는 오늘 정말 운이 좋아."

친구에게 해주는 다정한 말을 나에게 해주어라

친한 친구가 어려운 일을 하소연할 때 뭐라고 할지 생각해보자. 보통은 이런 말을 할 것이다.

"그래? 그런 일이 있었어? 완전 힘들었겠다. 그 상사 완전 나쁘네."
"에고, 그랬구나. 너무 걱정하지 마. 힘내고."

상대방에게 공감의 말을 해주는 것은 같은 편이 되어준다는 것이다. 세상에 나와 같은 편이 있다는 게 얼마나 힘이 되는지 우리는 알고 있다.

그런데 정작 나에게는? 온갖 부정의 말을 뱉어내고, 안 좋은 상황을 곱씹곤 한다.

"나를 무시하나? 내가 만만해 보이나?"라고 말하면서 나 자신을 만만하고 무능력한 패배자로 만들어버린다. 내가 내 편이 되어주지 못하고 나를 부정해버리는 것이다. 마음이 거대한 파도 위의 돛단배처럼 출렁거린다.

친구에게는 세상 다정하다가도 나에게는 엄한 잣대로 몰아세우고, 한계에 도달한 자신을 자책하는 날이 많다. 그럴 때는 친구에게 해주듯 이런 모습도 나의 한 부분임을 알고 껴안아야 한다. 내 안에는 약하고 떼쓰는 어른아이의 모습도 있음을 알아야 한다. 인정받고 싶은 인정욕구가 있다는 것은, 그만큼 노력하고 애쓰고 있다는 증거다. 그러니 나를 인정해주고 나한테 다정한 친구가 되어주자.

친구에게 말하듯 나에게 말을 걸어보라.

"인숙아, 오늘 하루도 수고 많았다. 이것저것 야심 차게 계획을 세우고 그것들을 실행해내느라. 하나를 하느라 다른 것을 놓친 것에 대한 자책감을 이겨내느라. 하고 싶은 것은 많은데, 현실이라는 벽과 싸우느라. 누군가의 위로와 힘이 되어주느라. 인생이 늘 뜻대로 되지는 않지만, 포기하지 않고 나아가는 네가 자랑스럽다. 엉덩이에 땀이 차도록 글을 써나가는 네가 참 예쁘다. 이런 노력이 차곡차곡 쌓여 아름다운 결실을 맺을 거야. 해나가는 과정 자체를 즐기렴. 오늘도 잘 살고 있다. 사랑한다. 인숙아."

아, 그런데, 이 부끄러움은 뭐지? 그만큼 자신에게 위로와 사랑의 언어를 해본 적이 없어서일 것이다. 뭐, 어떤가? 나를 칭찬하고 위로하는 데 돈이 드는 것도 아니고, 특별한 기술이 필요한 것도 아니지 않은가? 부끄러움을 넘어서면 내가 정말 특별해 보인다. 멋져 보인다. 왜냐하면 남이 나에게 칭찬하는 것은 가식일 수 있지만, 내가 나에게 전하는 위로는 진심이기 때문이다.

거울을 보고 하이파이브 해보기

하이파이브의 사전적 의미는 승리나 성공의 기쁨을 표현하기 위해 두 사람이 손을 들어 올려 손바닥을 마주치는 일이다. 여기서 핵심 단어는 '승리나 성공의 기쁨'이다. 하이파이브는 승리나 성공의 기쁨을 맛보기 위한 행위다. 그렇다면, 뭔가 성취감을 느끼기 위해 거울을 보며 나와 하이파이브를 해본다면?

세계 최고의 동기 부여가 멜 로빈스(Mel Robbins)가 가장 힘들었던 슬럼프를 극복한 방법은 바로 자신에게 하이파이브를 하는 것이었다. 거울 속 자신을 마주 보고 하이파이브를 하면 "나는 망했어", "나는 실패자야", "나는 아무것도 못 할거야"와 같은 부정적인 말을 하는 게 불가능하다고 한다. 하이파이브를 할 때, 머리에 프로그래밍된 긍정적인 사고가 발현된다고 한다. 미래에 대한 불안감, 과거의 부정적인 느낌이 초기화되고, 현재에 집중하게 된다고도 전한다.

또한, 거울을 보고 1분만 자기성찰을 하며 자신을 믿게 되면, 자신감에 찬 사람으로 완전히 변화한다고 하니 너무 놀랍다. 긍정적인 도파민이 분비되어 뇌를 진정시키고 스트레스를 완화해주는 역할을 한다고 하니 바로 해보자. 아침에 일어나자마자, 화장실 거울을 보며 바로 실행해보는 게 어떨까?

거울 속의 나를 보며 "나는 할 수 있어"를 외치며, 앞으로 멋지게 변화해갈 나 자신을 상상하며, 나를 향해 하이파이브를 해본다. 단 3초 안에 나의 뇌는 자신감에 차 있는 나를 인식하고 승리의 미소로 화답해줄 것이다.

다른 사람의 응원을 기다리지 말자. 나는 나에게 최고의 동기 부여가이자 코칭가이다. 내가 나를 믿지 못하면 누가 나를 믿겠는가? 화장실 거울 하이파이브 3초의 기적, 실현이 답이다.

6 • • •

현명하게 체념하는
것도 필요하다

해도 안 되는 일 내려놓기

코로나 시절 자영업자들은 정말 힘든 시기를 겪었다. 특히 학원은 정부의 거리두기 정책으로 직격탄을 맞았다. 내가 운영하는 학원 역시 예외가 아니었다. 코로나19 초기에 한 아이가 코로나에 감염되면 명단이 적나라하게 공개되었고, 엄마들은 자녀들을 학원에 보내지 않았다. 아이들이 없는 학원에 덩그러니 앉아, 매달 나가는 월세와 관리비를 걱정하며 한숨을 쉬곤 했다.

설상가상으로, 일부 학부모들은 원비까지 환불해달라고 요구했다. 적자를 감내해가며 겨우 버티는 생활이 계속되었다. 한 달 버티기도 힘든데, 1년 이상이나 지속되니 먹고사는 일 자체에 제동이 걸렸다. 내가 제어할 수 있는 영역 밖의 일이었다.

나는 적자를 감내할 길이 없어, 주 3회 학원 문을 닫고, 다른 학원에 출강했다. 예전에 다니던 학원에서 고등부 영어를 맡아달라는 연락이 왔다. 고등부 선생님이 갑자기 그만두는 바람에 나에게 SOS를 친 것이다. 나는 학원 출강 시간에 맞춰 학원 문을 닫고, 다급하게 학원 문을 나섰다.

그런데 어느 날, 우리 원생들이 늦게 오는 바람에, 평상시보다 늦은 시간에 학원을 나서게 되었다. 조급한 마음에, 나는 교차로에서 적색 신호등이 막 켜지는 찰나에 차를 멈추지 않고 그대로 돌진했다. 그러다가 마주 오는 오토바이를 발견하고 급제동을 걸었다. 다행히 부딪히지는 않았다. 오토바이를 몰고 가던 청년이 오토바이와 함께 넘어지고 말았다. 내 차와 충돌하지는 않았으니, 크게 다치지는 않아 보였다.

나는 놀란 마음을 진정시키고, 차에서 내려 상대방에게 다가가 괜찮은지 물어보았다. 그리고 내 전화번호를 주면서, 일단 병원에 가보라고 했다. 내 마음 한구석에는, 나를 기다리고 있을 학원생들 생각으로 일단 빨리 가야겠다는 생각밖에 들지 않았다. 나는 급제동의 충격으로 인한 목뒤 통증을 느끼면서도 무시하고 그대로 학원으로 출발했다. 그리고 수업을 강행했다. 내 머리에서는, 갖가지 소음이 들리는 듯했다.

'너 지금 뭐 하는 거니? 너도 아프잖아. 당장 병원에 가 봐.'

'지금 수업이 중요해? 교통사고 후유증이 얼마나 무서운데?'

나는 내 안의 소음을 무시하고 4시간 수업을 강행했다.

'나 혼자만 견디면 되잖아'라고 생각하며, 그 소리를 밀어내고 말았다.

몸을 돌보지 않은 나의 강행군은 계속되었다. 어느 날 나는 수업을 하던 중, 질식할 것 같은 감정에 사로잡혔다. 나를 둘러싼 주변이 갑자기 다른 차원으로 보였다. 아이들의 말소리가 환청을 듣는 것처럼 희미하게 들렸다. 몸이 바들바들 떨렸다. 내 심장의 맥박이 쿵쿵 울려댔다. 그 소리가 내 귀를 뚫고 나와 나를 통째로 집어삼키는 듯이 느껴졌다. 교실 밖으로 뛰어나가 복도 끝에 있는 창문 밖을 내다보았다.

'괜찮아, 괜찮아'를 연신 외치면서 마음을 가다듬고, 다시 교실로 들어갔다. 그 이후에도 나는 몇 번의 공황장애를 겪었다. 머리 안에서도 윙윙거리는 소리가 들렸다. 나는 그게 이명이라는 것을 나중에 알았다. 이명 때문에 잠을 이룰 수 없었다. 내 몸 여기저기가 고장 난 라디오처럼 잡음을 냈다.

나는 괜찮지 않았다. 내 몸이 주는 적색 신호를 철저히 무시했다. 쉬지 않고 달리기만 했다. 그게 유일한 살길이라고 생각했다. 나는 몸이 아프고 난 후에야, 쉼이 필요하다는 것을 알았다. 일단, 내 학원을 정리했다. 적자를 끌어안고 계속 운영하는 게 의미가 없다는 판단을 내렸다.

그리고, 밤늦게까지 수업해야 하는 고등부 강사도 그만두었다. 대신에 8시까지만 수업하는 강사로 자리를 옮겼다. 무엇보다 건강을 챙기는 게 중요하다는 것을 알기에, 운동부터 시작했다. 아침에 일어나자마자, 20분 동안 운동부터 한다. 스트레칭하고 나만의 매일 운동 루틴을 실시한다. 몸의 긴장을 완화시키는 복식호흡으로 마음 챙김을 한다. 채식과 과일 위주의 식사로 몸을 가볍게 하고, 내 나이에 필요한 영양제도 챙겨 먹는다.

때때로 해도 안 되는 일은 내려놓는 게 최선이다. 내가 할 수 있는 일에는 몰두하고, 제어할 수 없는 일은 과감히 내려놓아야 나를 살릴 수 있다.

체념과 포기의 차이

체념은 포기와 달리 욕심이나 계획을 내려놓기까지 기나긴 시간이 필요하다. 오랫동안 지녀왔던 꿈을 단숨에 떨쳐버리는 것은 힘들다. 자신의 희망이나 혹시나 하는 마음을 버리는 것 또한 어려운 일이다. 그래서 체념은 삶에 대한 고뇌, 인내, 비움의 시간이기도 하다.

반면에 포기는 하던 일이나 앞으로 하고자 하는 일들을 하지 않는 것을 말한다. 즉, 행동을 멈추는 것이다. 체념은 포기보다 좌절감의 강도가 더 크다. 예를 들어, 식당에 가서 김치찌개를 먹을지, 해물탕을 먹을지 결정할 때, 김치찌개로 결정하면, 해물탕은 포기해야 한다. 하나를 얻기 위해 다른 하나를 포기하는 행동이니 그렇게 큰 고통은 없다. 어쨌든 하나는 얻으니 말이다.

시험 전날 잠이 쏟아져, 하던 공부를 그만두고 자리에 누우면서 "내일 시험은 포기야"라고 말하지, "내일 시험은 체념이야"라고 말하지 않는다. 잠이라는 달콤한 유혹을 선택했으니 말이다.

　사랑하는 사람과 헤어진 후, 잊지 못하고 받지도 않는 연락을 계속하다가 어느 날 문득 헤어짐을 인정하는 것은 '체념'에 속한다. 체념은 그만큼 아픔의 시간이 존재한다. 그 고통과 아픔의 시간이 두려워서 쉽게 내려놓지 못한다. 나의 경우에, 일을 내려놓으면 미래에 어떤 일이 닥칠지에 대한 두려움이 너무 컸다. 몸과 마음이 파괴되는 것을 알면서도, 두려움과 막연함으로 나 자신을 극한으로 몰고 갔다.

　사실 이런 일이 처음이 아니었다. 집 앞에서 주차하다가 주차 기어를 제대로 넣지 않고 내리다가 차에 밀려 바닥에 넘어졌다. 그 바람에 오른쪽 다리가 크게 다친 적이 있었다. 병원에서는 한 달 입원해야 한다고 했다.

　나는 그 당시, 다친 것보다 학원에 못 나가 생계가 끊기는 게 더 걱정되었다. 발목에 철심을 박는 수술이 끝나고, 나는 학원 측에 병원에서 출퇴근하겠다고 말했다. 혼자 출퇴근이 어려우니 학원 차량으로 나를 데려오고, 데려가 달라고 부탁했다.

　학원에서도 한 달만 근무할 강사를 구하는 게 어려우니 기꺼이 그러겠다고 했다. 정형외과 원장과 따로 면담해서 나의 입장을 설명하고 병원에서의 출퇴근 허가를 구했다. 처음에는 난감해하다가, 허가를 안 해주면 바로 퇴원하겠다고 말하자 마지못해 허락해주었다.

　그렇게 나는 병원에서 학원으로 출퇴근했다. 의자에 앉은 채, 다른 의자에 아픈 발을 올려놓고 강의했다. 학원 아이들은 신기했는지 내 깁스를 만지며 낙서를 해댔다. 어떤 학생은 장난으로 "선생님, 한번 뛰어 보세요"라고 말했다. 나는 목발로 허공을 휘저으며 "목발 맛 좀 볼래?"라고 웃으며, 응수했다. 화장실에 갈 때는 학생들이나 원장님의 어깨를 빌려서 가야만 했다.

우리 아이들은 졸지에 엄마 없이 둘이서만 지내게 되었다. 나는 교회 집사님에게 부탁해 아이들 밥을 챙기게 하고, 등굣길을 전화로 체크할 수밖에 없었다. 주말이면 병원으로 와서 아이들이 내 머리를 감겨주고 온종일 수다를 떨다 갔다. 소식을 들은 친구들이 병문안을 와서 우리 아이들을 데리고 가서 밥을 사주었다. 그렇게 한 달이 지나, 집으로 복귀할 수 있었다.

나는 체념할 줄 몰랐다. 아니, 체념한 후의 내 삶이 두려워 악착같이 붙들고 있었다고 해야 맞을 것이다. 사실 체념보다 더 무서운 것은 수입이 끊기는 현실이었다.

아이가 사춘기가 되어 극심한 반란을 일으키는 데도 나는 포기하지 않았고 체념은 더더욱 하지 않았다. 두 아이를 데리고 제주도까지 내려갔다. 내가 선택한 삶으로 인해, 아이들이 잘못되는 것을 원치 않았다. 나는 그게 자식에 대한 사랑이라 믿었고, 부모로서 해야 할 당연한 도리라고 생각했다. 막내의 극심한 우울증으로, 1년 반 만에 서울로 다시 돌아왔을 때도 아이에 대한 희망의 끈을 놓지 않았다.

체념은 나에게 사치였다. 누군가는 왜 그렇게 악착같이 사냐고 하겠지만, 그것은 직접 경험해보지 않아서 던지는 일종의 무지에 가까운 말이다. 사람은 처한 상황에 맞게 적응하며 살게 되어 있다.

몸이 아파서야 나는 체념이라는 단어를 받아들였다. 비싼 몸값을 치르고서야 때로는 체념도 최선이 될 수 있다는 교훈을 깨닫게 된 것이다. 사실 이런 나도 나의 한 모습이다. 내려놓음을 실천하고, 비로소 좋아하는 일을 시작하게 되었으니, 체념에 대한 보상을 충분히 받았다고 생각한다. 세상에 공짜는 없나 보다. 나는 오늘도 변화무쌍한 인생을 공부하는 중이다.

7 • • •

불안이라는 감정과
친하게 지내기

행동으로 옮기면 불안은 조용히 사라진다

'글을 어떻게 시작하지?' 생각만 하다가 1시간이 후딱 지나버렸다. 괜히 냉장고 문을 열어보고, SNS를 뒤적거리는 나를 발견한다. 책상에 앉기까지 자꾸만 미적거리는 게으른 나를 마주한다.

예전에 읽어보았던 개리 비숍(Gary J. Bishop)의 《시작의 기술》을 펼쳐보았다.

'나만 그런 게 아니었어. 그러니까 이런 책이 나왔지' 하고 안심의 미소를 지어본다.

저자는 책 표지에서, 나를 향해 툭 내뱉는다. 순간 정신이 번쩍 든다.

"용기 내라는 낯간지러운 말은 하지 않겠어. 이제 인생 그만 좀 망쳐"라고.

침대에 누워 걱정만 하는 '게으른 완벽주의자를 위한 일곱 가지' 중 두 가지만 소개해볼까 한다.

첫 번째는 '나는 불확실성을 환영해'라는 문구다. 편안하게 느껴지는 것만 고수한다면 사실상 과거에 사는 사람이라고 한다. 이것은 자신이 구상해놓은 조그만 세상 속에 머물고 싶어 하는 속성 때문이다. 불확실성이 있어야 성장할 수 있으며, 새로운 것을 경험하고, 새로운 결과를 만들 수 있다. 확실성을 찾아 정착하면 항상 그 자리에 머물 수밖에 없다. 내 기분이 완벽히 좋을 때까지 기다렸다가 시작할 수 있는 것은 세상에 없다.

나는 불확실성을 의심이라는 말로 바꿔보았다. 내가 좋아하는 일을 하면서도 '과연 이 길을 가고 있는 게 맞는 것인가'라고 의심이 들 때가 있다. '과연?'이라는 말은 의심이라는 말과 같다. 의심이 들더라도 그냥 묵묵히 가던 길을 간다.

어차피 우리가 걱정하는 '내일'이나 '미래'라는 말 자체도 불확실성의 시간이다. 확실한 내일이나 미래는 없다. 오늘이라는 수많은 시간이 쌓여야 내일을 희망으로 맞이할 수 있다. 오늘 내가 이룬 글이 반복적으로 쌓여야 책이라는 결과물이 만들어지는 것이다.

두 번째는 나의 생각이 아니라 행동이 나를 규정한다. 좋은 글을 쓰고 싶다는 생각만 하고 서성거린다면 글은 생각 속에만 머물러 있게 된다. 글쓰기에 대한 행동 규정을 정해보자.

의자에 엉덩이를 대고 앉는다. 노트북을 펼친다. 미리 정해놓은 소제목을 본다. 생각나는 대로 키보드를 두드려본다. 시작이 반이다. 시작만 하면 무슨 일이든 이어나갈 힘이 생긴다. 에베레스트산 등반도 시작은 첫발을 내딛는 것이다.

"시간이 없어"라고 말하는 것은 "하고 싶지 않아"라고 말하는 것과 같다고 노자(老子)가 말했다. 시간은 24시간 누구에게나 공평하게 주어진다. 시간이 없는 게 아니라, 시간을 내지 않는 것이다. 원하는 일에 시간을 내라. 세상에 그냥 이루어지는 것은 아무것도 없다.

오늘의 나처럼 '나는 글 쓰는 일에 소질이 없나 봐. 에너지 좀 충전해야겠어'라는 마음으로 냉장고 문을 열어보거나, 좋아하는 사이트를 열어 재미있는 가십거리를 찾아본다. 어느새 시간은 또 가버리고, 후회가 엄습해온다. 해야 할 일은 점점 뒤로 밀린다. 해야 할 일을 못 하고 있으니 불안이 밀려온다. To do list는 하기 싫은 일로 전락해버린다.

이럴 때 '나는 나의 생각이 아니다. 내 생각이 나를 규정하는 것이 아니다. 내가 뭘 하느냐, 즉 행동이 나를 규정한다'라고 자신에게 말해보자. 일단 시작하고 행동하면 '어떻게 하지?'라는 불안감은 거짓말처럼 사라진다.

"훌륭한 사상은 생각이 깊은 사람에게만 말을 걸지만, 훌륭한 행동은 모든 인류에게 말을 건다."

26대 대통령 미국 대통령 시어도어 루스벨트(Theodore Roosevelt)가

한 말이다. 일단 시작하고 나중에 수정해도 늦지 않다.

불안 요인을 글로 써보고 잠재우기

생각해보면 불안은 동전의 양면과 같다. 건강한 불안은 어느 정도 필요하다. 차를 운전하면서 사고가 날지도 모른다는 불안감 때문에 조심스럽게 운전하게 된다. 건강을 잃고 싶지 않은 불안감 때문에 운동을 하고 건강식을 챙겨 먹는다. 필요한 양식을 얻기 위해 일하는 마음에는 미래의 불안감이 작용한다.

초보운전 시절에, 나는 너무 불안해서 손이 떨릴 정도였다. 우회전해야 하는데 옆쪽 차선으로 끼어들지 못하고 앞으로만 갔었다. 내 차보다 덩치가 큰 버스나 트럭이 옆에 오면, 나를 들이받을 것 같아서 무섭고 불안했다. 수영을 배울 때에도 그랬다. 물속에 들어가면, 빠져 죽을 것만 같아, 바둥거리다 벌떡 일어나버렸다.

지금은 지방으로 가는 고속도로도 자유자재로 차를 몰고 다닌다. 양옆으로 차가 꽉 들어차 있는 1차선 도로를 유유히 빠져나간다. 수영의 경우에도 3개월 정도 배운 후, 내 키보다 더 깊은 물속에서, 자유로이 앞으로 헤엄쳐 나갈 수 있었다.

불안은 한마디로, 불안의 정체를 모를 때 더 크고 무섭게 다가온다. 내가 만든 허상이 나를 불안하게 하는 것이다. '물'이라는 대상을 무서워하지 않고 물에 몸을 맡겼을 때 비로소 앞으로 나갈 수 있다. 또한, '차'라는 대상은 나를 더 빠르고 편안하게 목적지에 데려다주는 수단으로 인식하고 계속 연습할 때 익숙해진다. 불안이 자연스럽게 사라진다.

'불안'이라는 녀석은 예고 없이 시시때때로 나를 엄습해온다. 불안의 정체를 모르니 더욱 불안해지고, 불안해하는 내 모습 때문에, 또 불안해진다. 운전이나 수영을 그대로 적용해보자. 즉, 불안과 익숙해지는 연습을 하는 것이다.

종이를 꺼내어 불안의 요인을 구체적으로 적어본다. 아주 세세하고 구체적으로 적어야 한다. 그리고 해결 방안도 적어본다. 해결 방안 중 당장 할 수 있는 것들을 실천해본다. 불안 요인을 구체적으로 적다 보면 내 불안이 글에 전가되어 가벼워지는 것을 느낄 수 있다. 이런저런 해결 방안을 쓰다 보면 그 무게가 반으로 줄어드는 것도 경험할 수 있다.

나는 근육 부족에다 골다공증 진단을 받았다. 불안한 마음에 운동을 시작해보려고 헬스장 3개월을 끊었다. 하지만 규칙적으로 헬스장 가는 게 생각보다 쉽지 않았다. 시작한 지 열흘 정도 되자, 헬스장에 더 이상 가지 않게 되었다. 나는 김종국처럼 근육질의 몸을 원한 게 아니라, 단지 건강한 몸을 원했다. 그래서 유튜브를 보거나, 운동 관련 책을 보면서, 내가 원하는 시간에 자유롭게 운동하는 방법을 택했다.

종이를 꺼내어 내가 틈틈이 할 수 있는 운동을 적어 집 안 여기저기 붙여놓았다.

첫 번째, 물 마시거나 설거지할 때, 서 있는 상태로 발뒤꿈치를 위로 올렸다 내리는 운동하기.

두 번째, 빨래 갤 때, 오른발, 왼발 쭉쭉 뻗으며 스트레칭하기.

세 번째, 냉장고 문을 여닫을 때, 힙업 운동하기.

네 번째, 티비 볼 때마다 푸시업 열 번하기.

다섯 번째, 자기 전에 잠자리에서 모관 운동 등 세 가지 운동하기.

여섯 번째, 하루 한 번 접시돌리기 운동하기.

그 밖에도 엘리베이터를 기다리면서 힙업 운동하기. 엘리베이터 안에서 발뒤꿈치 운동과 같은 루틴을 만들었다. 시간을 따로 내지 않아도 할 수 있는 생활형 운동은 의외로 많다.

꼭 이렇게 포스트잇을 붙여놓은 이유는, 눈에 보여야 바로 인식해서 실행할 수 있기 때문이다. 우리 뇌는 하루에도 수백, 수천 개의 다양한 정보에 노출되어 있으므로, 눈에 보이지 않으면 금세 망각해버린다. 자신의 기억력을 믿지 말고, 펜을 믿어라.

한번은 길을 급하게 가다가 발을 헛디뎌, 왼쪽 발을 접질러 깁스를 하게 되었다. 깁스한 지 얼마 안 되었을 때, 고향 친구들이 스키장을 가자고 했다. 나는 우리 아이들에게 스키도 가르쳐줄 겸, 나도 오랜만에 스키를 타고 싶었다. 하지만 깁스한 왼발이 좀 걱정이 되긴 했다. 깁스를 풀기 위해 병원에 간 날, 나는 담당 의사에게 며칠 후 스키를 타러 가도 괜찮은지 물어보았다.

의사는 말했다.

"다리 병신 되고 싶으면 가세요."

환자에게 스스럼없이 그런 말을 한다는 게 어이가 없어서 나는 피식 웃었다. 그리고 말했다.

"다리 병신이 될지, 안 될지는 갔다 와보면 알겠네요."

사실, 나는 의사가 스키장에 가면 안 된다고 해도, 이미 가기로 마음먹은 터였다. 그렇게 나는 아이 둘을 데리고, 스키장에 갔다. 아이들에게 기본 스텝을 가르쳐주며, 스키도 타고, 재미있는 시간을 가졌다.

그리고 나는 현재도 너무나 정상으로 잘 걸어 다니고 있다. 어찌 보면 불안이라는 것은 형체도 없고, 이름도 없는 하나의 허상이다. 사실 관계에 상관없이 내가 만들어낸 도깨비 같은 존재다. 그러니, 왔다고 해도 언제든 내보낼 수 있는 것은 내 마음이다.

한번 말해보자.

"불안아, 왔니? 악수나 한번 해볼까?"

"나는 내 할 일 할 테니 놀다 가렴."

50대,
설렘의 시작이다

인생 슬럼프가 왔을 때
기억해야 할 세 가지

슬럼프가 온다는 것은 노력하고 있다는 증거다

슬럼프가 오면 자신감이 떨어지게 마련이다. 열심히 노력하는데도 정체된 느낌이 온다. 앞으로 나아가지 못하고, 제자리걸음을 걷는 것만 같다. 몇 달 동안 심지어 몇 년 동안 노력을 했는데도 실력이 늘지 않는 다는 느낌이 오면 절망에 잠식당하기 쉽다.

운동선수나 피아니스트의 사례를 보면, 슬럼프는 자연스러운 일이다.

슬럼프에서 중요한 관점은 결과가 아니라 노력하는 과정이다. 즉, 노력하지 않는 자에게는 슬럼프조차 오지 않는다. 그만큼 본인이 하는 일에 노력과 열정을 쏟아부었다는 방증이다. 빈둥빈둥 놀면서 시간만 축내는 자에게, 슬럼프는 절대 오지 않는다.

나는 영어 학원 운영 초반에, 학원 홍보를 위해 블로그 글쓰기를 시작했다. 학교 앞에서 전단을 나누어주는 것보다 온라인 홍보가 더 유리하다는 판단에서였다. 나는 1일 1포스팅을 목표로 삼아 몇 달 이상 꾸준히 글을 써서 올렸다. 아이들이 어려워하는 영어 문법에 대해 쉽고 재미있게 정리하는 글을 꾸준히 써나갔다. 주변 학교에 대한 정보나, 입시정보 등 학부모들이 궁금할 만한 내용도 작성했다.

맘카페에도 들어가 교육정보를 전해주면서 소통해나갔다. 학원 운영하며 글쓰기까지 하니, 에너지가 많이 소진되었다. 온라인 홍보에도 반응이 오지 않자 이게 뭐 하는 짓인가 싶기도 하고, 포기하고 싶은 생각이 스멀스멀 올라왔다.

그러다가 어느 날, 내 블로그 글을 보고 문의가 왔다. 상담을 잘 진행해 등록하게 되었다. 그런데, 그 학부모님이 두 명의 아이를 더 소개해주어 결과적으로 세 명의 신입생이 한 번에 등록했다. 블로그 포스팅 중간에 슬럼프가 와서, 포기했더라면 이 세 아이는 들어오지 않았을 것이다.

나는 이후에도 책을 읽은 후, 책 내용과 내 생각들을 정리하는 글과 소소한 일상에 대한 글을 꾸준히 올렸다. 글쓰기를 하다 보니 생각 정리도 되고 글쓰기 근육이 느는 게 느껴졌다.

노력과 방법이 제대로 되기만 하면 결과는 당연히 찾아온다. 중간에 포기하지만 않으면 된다. 슬럼프라는 녀석은 열심히 하는 자에게만 방문하는 손님이다. 그 손님을 반갑게 맞이하고 보내야 한다. 그 손님에게 휘둘려서 내 자리를 내어주면 안 된다.

인생 슬럼프는 일종의 성장통으로 받아들이면 좋겠다. 성장통이 없으면 성장할 수 없다. 슬럼프가 올 때마다 열심히 최선을 다하는 나를 쓰다듬어주자.

"수고했어, 잘하고 있어."

나를 위로해주는 가장 친한 친구는 바로 나 자신이다.

인생 슬럼프가 왔을 때 기억해야 할 세 가지

몇 년 전, 나는 고향 친구, 선후배들과 함께 설악산을 등반한 적이 있었다. 우리나라에서 세 번째로 높은 설악산 대청봉을 목표로 가는 길은 기대감과 설렘 그 자체였다. 새벽 6시쯤 등반을 시작했다.

등산 초입은 워밍업 정도의 착한 등산로가 이어져 있어서 가볍게 올라갔다. 조금 더 올라가니, 경사도가 꽤 심해지고 돌 구간도 많아서 다리에 묵직함이 느껴졌다. 우리 팀의 리더를 맡은 선배님이 앞장서서 가다가 뒤처지는 나와 내 친구를 독려했다. 나는 좀 쉬어가자고 이야기하고 싶었지만, 나로 인해 시간이 뒤처지는 게 미안해서 묵묵히 따라갔다.

초입을 갓 벗어났을 뿐인데, 숨이 턱턱 차오르고, 땀이 송골송골 맺히기 시작했다. 힘에 부쳐 말수도 급격히 줄었다. 쉼터에 다다라서 짐을 내려놓고 잠시 쉬는 시간이 마치 천국처럼 느껴졌다. 당 충전 에너지바와 물은 천국의 맛이었다. 천국의 쉼은 너무나 빨리 지나갔다. 다시 시작이다. 걷다 보니, 옆의 계곡물 소리도 들리고, 귀여운 다람쥐도 가끔 볼 수 있었다. 힘은 들었지만, 산이 주는 신선한 공기와 풀 향기를 맡으며, 힐링하는 기분이 들었다.

대청봉으로 올라가는 마지막 구간은 경사도가 심한 코스였다. 한 걸음, 한 걸음 옮기는 게 천근만근 무겁게 느껴졌다. 얼굴은 벌겋게 달아오르고, 숨이 할딱거려 당장이라도 주저앉고 싶었다. 내 몸이 내 마음처럼 움직여지지 않고 속도가 자꾸 쳐져갔다.

그렇게 가다 보니 정상이 보였다.
"정상이다. 조금만 힘내자." 이 말에 모두가 젖 먹던 힘까지 내가며 고지를 향해 올라갔다. 대청봉 정상의 풍경은 실로 아름다웠다. 올라오기까지의 힘든 몸을 잊어버릴 정도로, 한 폭의 수채화를 보는 듯했다. 부서질 듯이 아픈 다리와 허리에 200% 보상을 해주고도 남았다.

점심을 먹고, 하산이다. 내려오는 길은 내리막이라 쉬울 것 같지만 그렇지 않다. 능선을 몇 번이나 오르락내리락 반복해야 한다. 내 다리는 힘을 잃어 허공에서 춤을 추는 것처럼 휘청거렸다. 설상가상으로 비까지 내려 우비를 꺼내 입었다. 몇 년 전 철심을 박았던 오른쪽 발목이 쓰라리기 시작했다.

나는 나로 인해 시간이 지체되는 게 싫어 이를 악물고 쓰라림을 견뎠다. 내가 다리를 절뚝거리는 것을 본 친구가 걱정스러웠는지 나와 보조를 맞춰주었다. 산에서는 모두가 하나가 된다. 처음 보는 사람들도 전우애를 느끼며 서로 독려한다.

그리고 선의의 거짓말을 한다.

"다 왔어요. 조금만 참아요"라고.

산에서 "한참 더 가야 해요. 아직 멀었어요"라고 말하는 사람은 아무도 없다.

비와 땀이 섞여 물 범벅이 되고, 다리는 아팠지만, 마음만은 에베레스트를 정복하는 산악인처럼 비장해져갔다. 어둠이 깔리고 산은 조용해졌다. 빗속에서 말없이 묵언 수행하는 스님처럼 마음은 고요해졌다.

드디어 멀리서 도시의 불빛이 보이고 차의 경적이 들렸다. 다 왔다.

"해냈다. 야호." 우리는 얼싸안고 기쁨의 세리머니를 나누었다. 이런 고통스러운 경험을 하고도, 나는 그 후로 설악산 등정을 두 번이나 더 했다.

인생의 슬럼프가 올 때마다, 나는 예전에 도전하고 끝내 이루었던 기억을 끄집어내어 상기시킨다.

'맞아, 나는 어려움의 고비마다 이겨내고 살아왔어. 내게는 도전의 유전자가 살아 있어.'

내 몸은 나의 강함을 기억한다. 내 정신은 쓰러질 때마다 다시 일어났던 나를 기억한다. 그러니, 일어날 수 있다고 스스로 믿고 앞으로 간다.

우리 인생도 등산과 같다. 오르막이 있고, 내리막도 있고, 평지도 있다. 첫걸음을 떼고, 오르막과 내리막을 반복하며 올라가봐야 정상을 찍듯이 도전해봐야 성공을 맛볼 수 있다. 험하고 경사가 심한 곳에 이르면, 포기하고 싶은 마음이 생긴다. 의심도 든다. 그럼에도 불구하고 계속 가다 보면 어느새 정상에 도달한다. 내려가면 평지가 보인다. 우리는 그것을 '정복'이라고 칭한다.

성장에는 평행성장과 수직성장이 있다고 한다. 계단으로 따지면 평평한 부분이 평행성장이고, 올라가는 부분이 수직성장이다. 원하는 무언가를 이루기 위해 노력할 때, 어느 순간 정체된 것 같은 느낌이 온다. 앞이 막혀 아무것도 보이지 않을 때도 있다. 하지만 분명히 노력하는 과정 중에 내공이 쌓여가고 있고, 의미 있는 성장을 하고 있다.

다만 눈으로 보이지 않을 뿐이다. 계단을 연결하면 우상향 곡선이 그려지는 원리와 같다. 마지막 남은 지점에서 포기하지만 않는다면, 꿈은 이루어진다. 그러니, 오늘도 의미 있는 노력을 축적하고 있는 나를 내가 응원해주어야 한다.

슬럼프가 오면 세 가지만 기억하자.

첫 번째, 내가 참 열심히 사는구나.
두 번째, 원하는 바를 이루는 날이 곧 오겠구나.
세 번째, 그러니 계속 가야겠구나.

2 ● ● ●

어릴 때 부모님께
받은 사랑을 꼭 기억하라

친자 확인 해프닝

나는 어렸을 때 자존감이 별로 없는 아이였다. 초등학교 1학년 때가 기억이 난다. 그 당시에는 점심시간에 교실에 앉아, 집에서 싸온 도시락을 꺼내어 먹던 시절이었다. 선생님은 교실을 돌아다니며, 아이들 도시락 반찬을 하나씩 집어 먹었다. 나는 선생님이 내 쪽으로 올 때마다 도시락을 숨기고 싶어 고개를 숙이고 도시락을 내 쪽으로 당겼다.

꽁보리밥에 딸랑 김치 쪼가리가 전부일 때가 많았다. 도시락 통은 오래되고 색이 바래 쭈글쭈글해진 못생긴 통이었다. 내 낌새를 알아차렸는지 선생님은 나를 지나치고 다른 친구에게 가는 경우가 많았다. 나는 그제야 다시 고개를 들고 밥을 먹었다.

나는 키가 크고, 깡마르고, 피부가 까무잡잡했다. 아이들은 나를 키다리라고 놀렸다. 그 말이 어찌나 싫은지 달려가서 막 패주고 싶었다. 언니와 여동생은 피부도 하얗고 쌍꺼풀이 짙은 예쁜 눈을 하고 있었는데, 나만 쌍꺼풀이 없었다. 부모님은 이런 나를 다리에서 주워왔다고 놀리셨다. 내가 봐도 그런 것 같았다. 아니, 확신했다.

부모님은 평일이면 서귀포에서 귤밭을 일구시고, 주말이면 나와 여동생을 데리고 할머니가 계신 본가에 가시곤 했다. 중간에 오일장터에 들려 필요한 물건을 사 가셨다. 사건이 터진 그날도 어김없이 오일장에서 버스를 내렸다. 나는 오일장에서 봐둔 다리에서, 나의 친부모를 기다리기로 작정했다. 다리에서 주워왔다는 이야기를 철석같이 믿고 진짜 엄마를 찾기로 한 것이다.

부모님이 물건을 사느라 정신이 없는 사이, 나는 혼자 몰래 빠져나와 다리 밑으로 갔다. 몇 시간 동안 꿈쩍도 하지 않고, 진짜 엄마가 나타나기만을 하염없이 기다렸다. 그런데 저만치에서 나를 찾는 익숙한 엄마 모습이 보였다.

엄마는 다리 밑에 서 있는 나를 보시더니 말했다.

"아니, 대체 왜 여기 서 있는 거야? 내가 얼마나 찾아다녔는데?"

"엄마가 나 다리 밑에서 주워왔다며? 그래서 다리 밑에서 진짜 엄마 기다리는 거야."

엄마는 기가 막힌다는 듯이 나를 쳐다보시더니 말했다.

"그걸 진짜로 믿은 거야? 그냥 해본 소리야, 에구 얼른 가자."

그리고 덧붙였다.

"걱정하지 마. 내가 진짜 엄마고, 저기 서 있는 사람이 진짜 아빠니까."

나는 엄마를 보고, 안도감에 울음을 터뜨리고 말았다.

이렇게 나의 진짜 엄마 찾기 작전은 해프닝으로 끝났다. 나중에 내 탄생 비화를 전해 들었다. 내가 태어날 시점에는 보릿고개 시절이었다. 아버지는 육지에서 소 장사를 하신다고 몇 달간 집을 비우셨고, 엄마는 나까지 오 남매를 거의 혼자 키우셨다.

내가 태어난 지 3일째 되던 날, 엄마는 나를 까만 우산을 씌운 아기 구덕에 눕히고 밭일을 나가셨다. 밭일하시다가 내가 울면, 구덕으로 와서 젖을 물리셨다. 그때 봄 햇볕에 타서 내 얼굴이 까매진 거라고 하시는 거였다. 비로소 나는 내가 엄마와 아버지의 친자식임을 확인하고, 안도할 수 있었다.

돼지몰이 사건

서귀포 귤 과수원은 나의 놀이터나 다름없었다. 나의 까만 피부는 제주의 뜨거운 태양 밑에서 싸 돌아다니느라 더 까매졌다. 방과 후 집에 들어오자마자 가방을 내팽개치고, 동생을 데리고 과수원 여기저기를 탐험하러 다녔다.

과수원에 있는 커다란 돌멩이를 들면 내 손보다 더 큰 지네들이 기어 나온다. 나는 그 지네의 머리를 잽싸게 눌러 꼼짝 못 하게 하고, 검은 비닐봉지 속에 넣고 빙빙 돌렸다. 봉지 안에 지네가 열 마리 정도 채워지면 동네 슈퍼로 달려갔다. 그러고는 엿을 바꿔 먹었다. 나는 정말 겁없는 정글의 타잔이었다.

귤이 익을 때면, 부모님은 귤 수확을 한 후, 컨테이너에 넣고, 트럭에 실어 어디론가 팔러 나가셨다. 어린 동생은 데리고 가고, 나한테 집을 지키라고 하셨다. 아버지는 나가시면서, 내게 집에서 조금 떨어진 돼지우리 안의 돼지를 잘 지키라는 특명을 내리셨다. 이 까만 똥돼지가 가끔 돌을 허물고 탈출하는 일이 있었기 때문이다.

나는 모처럼 얻은 자유를 돼지나 지키는 데 쓰고 싶지 않았다. 동네 친구들과 만나 냇가에서 물놀이하며 놀았다. 실컷 놀고 난 후, 혹시나 하고 돼지우리 쪽으로 가보았다.

그런데 돼지가 없었다. 돌담을 헐고 탈출을 감행한 것이었다. 내 심장은 쿵쾅쿵쾅 사정없이 뛰기 시작했다. 아버지에게 불호령을 맞을 게 틀림없었다.

'큰일 났다. 나는 이제 죽었어.'

나는 주변에 있는 긴 막대기를 주워 들었다. 작전을 잘 짜야 한다. 나는 과수원 끝으로 달리기 시작했다. 과수원의 맨 끝으로 가서, 돼지를 몰아 우리 속에 넣을 작정이었다. 무서워서 쿵쾅거리는 심장 소리를 들으며, 전속력으로 질주했다. 과수원 끝으로 달려가서 기다렸다. 내 생각대로 돼지가 과수원 위쪽으로 올라오는 게 보였다. 나는 나보다 덩치가 더 큰 수돼지를 향해, 막대기를 휘둘렀다. 그러자 돼지는 방향을 돌려 돼지우리 쪽으로 내달리기 시작했다.

나는 막대기를 계속 휘두르며 돼지우리 방향으로 계속 몰아갔다. 드디어 우리가 보였다. 나는 마지막 힘을 다 쏟아 돼지를 우리 안에 넣는 데 성공했다. 그리고 허물어진 돌멩이를 쌓아 올렸다. 그리고 돼지를 향해 소리쳤다.

"야, 이 돼지야. 너 때문에 큰일 날 뻔했잖아."

그러고는 막대기를 꼭 쥐고 우리를 지켰다. 조금 후에 부모님이 돌아오시고, 나는 아무 일도 없는 것처럼 부모님을 맞았다. 그때, 나는 겨우 초등학교 3학년이었다. 무서운 아버지로 인해 나의 모든 촉은 아버지께 혼나지 않는 쪽으로 진화되었다.

나는 무섭고 엄한 아버지로 인해 힘들고 답답한 학창 시절을 보냈다. 냉랭하고 싸늘한 집안 분위기가 싫어서 일부러 늦게 귀가했다. 갈 데가 없으면 집 주변을 배회하다 들어간 적도 많았다.

하지만 내가 어른이 되고 가장이 되어보니, 부모님의 심정이 어느 정도 이해가 간다. 자식들을 키워내기 위해 한 번도 자신의 삶을 살아본 적이 없는 부모님이 가엾고 안쓰럽다. 식당 가서 뜨거운 국밥 한번 사드신 적이 없었을 것이다. 그렇게도 원하던 유럽 여행 한번 가보지도 못하고 아버지는 돌아가셨다.

우리 부모님은 힘들다는 이유로 한 번도 자식에 대한 책임을 저버린 적이 없으셨다. 망해서 집에 쌀 한 톨 없는 상황에서도 빚을 지면서까지 우리 육 남매가 교육을 끝까지 받을 수 있게 하셨다. 친척들, 지인들로 부터 돈을 빌려서 대학원생, 대학생, 고등학생 줄줄이 뒷바라지하셨다.

아버지는 장손이라는 이유로 그토록 원하던 중학교 교육을 받지 못 하셨다. 아버지는 학교 진학은 하지 못했지만, 밭일을 하면서도 손에서 책을 놓지 않으셨다고 한다. 쟁기질하면서 영어 단어를 외우다가 할머니께 호되게 꾸짖음을 당하셨다. 공부에 얼마나 한이 맺히셨을까? 공부를 시켜주지 않는 부모님을 얼마나 원망하셨을까?

아버지는 못 배운 한을 가슴에 품고 사셨다. 그 교육의 한 덩어리를 우리 자식들에게 푸셨다. 돈이 없는데도 어디서 구했는지, 손에 돈다발을 들고 오시고 서울에서 대학 다니는 오빠들에게 보내셨다. 그러느라 자신의 삶은 돌보지 못하셨다. 스스로 희생양이 되기를 자처하시고, 마지막 남은 피 한 방울까지 다 짜내어 우리를 먹이고, 입히며, 키우셨다. 자식을 위해 사시느라 자기의 꿈을 펼치지 못한 한을 가슴에 품고 계셨으리라. 그래서 때때로 올라오는 '화'라는 이름의 감정을 그렇게 내뿜었으리라.

나는 40대, 50대가 되면 하고 싶은 거, 먹고 싶은 게 없는 줄 알았다. 막상 그 나이가 되어보니 하고 싶은 것, 가지고 싶은 게 없는 게 아니었다. 어른이 되어도 똑같은 욕망 덩어리였다. 그런데 우리 부모님은 어떻게 철저하게 욕망을 누르면서 사셨을까?

부모라는 이름은 세상 그 무엇보다 위대하다. 무조건 주는 사랑은 부모와 자식 간에만 존재한다. 하지만 너무나 당연하게만 여겨왔던 그 사랑에는 단 하나도 당연한 게 없었다. 희생이라는 이름으로 가려진 사랑의 결과로 지금의 내가 여기 있다. 오늘따라 돌아가신 아버지가 너무 보고 싶다. 뒤늦게 깨달은 아버지의 사랑을 가슴에 품고, 나는 아버지가 이루지 못한 꿈을 향해 달려갈 것이다.

나중에 천국에서 아버지를 다시 만날 때 아버지의 손을 꼭 잡고 말할 것이다.
"아버지. 아버지의 자랑스러운 딸이 왔어요. 제 아버지가 되어주셔서 감사하고 사랑합니다."

3 ● ● ● ●

지금 행복한 것에
충실할 것

매사에 감사하면 일어나는 일

아주 작은 사소한 일에도 감사를 느껴본 적이 있는가? 아침에 눈 뜨고 잠자리에 들 때까지 감사에 사로잡혀 산다면 어떻게 될까? 일단 감사의 언어를 말하면 내가 제일 먼저 듣게 된다. 우리의 귀는 뇌와 바로 연결되어 있어서 감사의 말을 듣게 되면 뇌에서 행복 호르몬이 나온다.

행복 호르몬인 '세로토닌'은 강한 자극을 통해 나오는 '도파민'과는 약간 성격이 다르다. 불안과 우울에서 벗어나 마음을 안정시켜준다. 외롭고 단절된 느낌에서 나를 외부와 연결하는 작용을 한다. 외로움은 신체적 고통을 느끼는 뇌의 부위와 똑같은 부위에서 일어난다고 한다. 사람은 사회적 동물이라서 끊임없이 외부와의 연결을 추구한다.

감사는 나와 외부와의 연결고리 역할을 한다. 아침에 일어나서 바로 "새로운 아침을 맞게 해주어서 감사합니다"라고 말하면, 내 몸이 오늘 맞을 새로운 날에 대한 기대와 희망의 감정으로 연결된다. 아침 운동을 하면서도 "건강한 몸을 주어서 감사합니다"라고 말하면, 나의 혈액이 온몸을 순환하며 내 몸 구석구석을 깨워준다.

물을 마시면서 "깨끗한 물을 마실 수 있음을 감사합니다"라고 말하면, 내가 마신 신선한 물이 세포 곳곳으로 스며 들어가 내 몸을 살리고 수분 밸런스를 맞춰준다.

식사하면서도 "맛있는 음식을 먹으니 감사합니다"라고 말하면, 그 음식이 우리 몸 안에 들어가 영양과 에너지와 피를 공급해준다.

이런 삶이 바로 《성경》에서 말하는 범사에 감사하는 삶이다. 평범한 일상에 감사하게 되면 감사할 일들만 찾아온다. 반대로 매일매일 반복되는 일상에 불평불만을 하게 되면 본인의 마음만 갉아 먹히고, 부정적인 마음에 사로잡히게 된다. 부족하고 가지지 못한 것에 불평하게 되면 내 마음은 한없이 가난해진다.

현재, 내가 가지고 있는 것들에 감사하게 되면 내 마음은 충만감으로 채워진다. 그것으로 나는 부자다. 나의 자아는 행복과 기쁨으로 채워진다. 이렇게 감사는 나를 먼저 채워주고, 다른 사람의 삶도 챙기는 힘을 준다.

어제는 오랜만에 일찍 들어온 큰딸과 함께, 시장을 보고 장어를 사 와서 저녁을 같이 먹었다.

딸은 "역시 집밥이 최고야. 장어가 너무 맛있어"라고 말하며 맛나게 먹었다.

내가 "그래? 딸이 장어를 좋아하는지 몰랐네. 잘 먹어주어서 고마워. 다음에 또 사줄게"라고 말하면, 딸은 "아니야. 차려준 엄마가 더 고맙지. 다음에는 내가 엄마를 위해 사 올게"라고 답한다.

밥상에서 이런 감사의 대화가 오고 가면, 마음에서 따뜻한 교감이 일어나 서로 애틋해지고 친밀해진다.

반대로 밥상머리에서 반찬에 대해 이러쿵저러쿵 불평하게 되면 듣는 사람의 기분이 상하게 된다. 무엇보다 불평을 말하는 사람은 자신이 내뱉은 말에 의해 뇌에서 부정적인 감정을 일으킨다. 왜냐하면 그 불평의 말을 가장 먼저 듣는 것은 바로 자신이기 때문이다.

감사의 말이 나를 살리고 상대를 살리고 관계를 살린다. 감사의 말이 나를 치료하고 상대를 치료하고 관계를 치료한다. 그러니 감사는 마음을 치료하는 상비약이다. 음식이 내 몸을 살리듯이 감사는 내 마음을 살린다.

감사에도 연습이 필요하다. 시시때때로 감사하라.

이 순간, 내가 하는 일, 내가 함께 있는 사람에게 감사하는 연습부터 해보자.

"글을 쓸 수 있는 노트북이 있어서 감사합니다. 내 손가락과 내 팔이 키보드를 칠 정도로 멀쩡함을 감사합니다. 나를 받쳐주는 의자가 있음을 감사합니다. 커피가 있음을 감사합니다. 내 생각을 자유자재로 글로 옮길 수 있는 생각 주머니가 있음을 감사합니다. 나만의 시간을 글쓰기에 몰두할 수 있는 집중력에 감사합니다. 내 글을 읽고 공감해줄 독자가 있음을 감사합니다. 내 옆에서 쌔근쌔근 잠들고 있는 고양이, 강아지가 있음을 감사합니다. 날씨가 적당히 따뜻해서 감사합니다. 내 안부를 물어주고 나를 사랑해주는 엄마가 살아 계심을 감사합니다."

나는 이렇게 순식간에 감사할 일을 글로 적었다. 나는 내가 가진 것과 현재의 느낌에 감사해서 충만함을 느낀다. 일상의 사소한 것에 대해 감사를 느끼지 못하면, 아무리 큰 선물과 기회가 와도 알아차리지 못하고 놓치게 된다. 감사함으로 의식이 열리고, 모든 일에 의욕과 에너지가 생기는 것은 덤이다.

감사를 하면 현재의 삶을 살게 된다. 어떤 상황에서든 밀도 있는 현재의 삶을 즐기게 된다. 《야생초 편지》는 황대권 작가가 13년 동안 감옥에 갇힌 상태에서 쓴 책이다.

그는 이 책에서, "무릇 정성과 열심은 부족한 데에서 나오는 게 아닌가 생각한다. 만약 내가 온갖 풀이 무성한 수풀 가운데 살고 있는데도 이런 정성과 열심을 낼 수 있을까? 삭막한 교도소에서 만나는 상처투성이 야생초들은 나의 삶을 풍요롭게 가꿔주는 귀중한 '옥중 동지'가 아닐 수 없다."

회색 벽들과 죄수들이 가득한 삭막한 감옥에서, 아무렇게 피어난 보잘것없는 야생초를 발견하고, 삶의 의미를 부여하는 그의 태도에서 느껴지는 것은 '생명에 대한 감사'다.

하찮고 작은 것에도 의미를 부여하면, 소중한 것이 된다. 그는 감옥에 피어나는 야생초에 의미를 부여했다. 야생초를 관찰하고 그림을 그리며 연구해나갔다. 그는 야생초가 밭에서 키우는 농작물에 비해서 더 많은 영양 성분과 이점을 가지고 있다는 것을 세상에 알렸다. 누군가는 감옥이라는 철창 속에서 절망과 분노로 세상을 원망하며 살아가지만, 누군가는 감사할 거리를 찾고 의미 있는 삶을 살아가는 것이다.

싱글맘이라서 좋은 점 열 가지

주어진 상황에서, 장점을 찾는 데서 감사가 시작된다. 부부가 같이 산다면 같이 사는 나름대로 장점을 찾고, 싱글이라면 싱글만의 장점을 찾아보면 된다.

첫 번째, 내가 원하는 것들을 자유롭게 선택하고 누릴 수 있다. 남편이나 시댁 눈치 보지 않고 내가 원하는 삶을 주도적으로 판단하고, 선택할 수 있다. 이런 나를 부러워하는 친구들이 은근히 많다. 남편이나 시댁이 없어서 너무 좋겠다고, 자기도 시월드 없는 곳에서 살고 싶다고 한다.

두 번째, 내 삶의 사이클대로 살아갈 수 있다. 내가 먹고 싶을 때 먹고, 자고 싶을 때 자고, 누구에게 맞추고 신경 쓸 필요가 없다. 나는 영화를 좋아해 일주일 중 하루 정도 날을 잡아, 넷플릭스 시리즈를 몰아

보느라 새벽 3시까지 잠을 안 잘 때가 있다. 예전에는 온종일 꼼짝하지 않고 영화만 보다가 담이 와서 병원 신세를 진 적이 있을 정도다.

세 번째, 잔소리할 사람이 없으니, 잔소리할 일이 없고, 들을 일도 없다. 잔소리는 정말 쥐약이다. 독 중의 맹독이다. 멀쩡한 사람을 정신병자로 만든다. 하는 사람도, 듣는 사람도 온몸에 독을 품고 사는 것과 같다.

네 번째, 의지할 사람이 없으니, 경제력을 스스로 갖추게 된다. 내가 벌어서 가정을 꾸려야 하는 가장이니, 당연히 경제력을 갖춰야 한다. 나는 20년 동안 한 번도 일을 놓아본 일이 없다. 편하게 놀고먹고 싶은 생각도 가끔 들기도 하지만, 내 살길은 내가 개척해나가는 게 정답이라고 생각한다.

다섯 번째, 나를 위한 자기 계발 시간을 상대적으로 많이 확보할 수 있다. 남편이나 시댁이라는 관계가 없으니, 그런 관계에서 할애되는 시간이 적다. 내가 마음만 먹으면, 나의 성장을 위한 독서나 글쓰기, 취미 생활에 집중할 수 있는 시간적 여유가 많다.

여섯 번째, 독립심이 강하다. 나는 무언가를 결정하거나 행동을 개시할 때, 누구의 의견을 묻지 않는 편이다. 가끔 잘못된 결정으로 곤욕을 치를 때도 있지만, 그 또한 내가 감수해야 할 몫이다.

일곱 번째, 시간적·공간적 제한을 덜 받는다. 물론 아이들이 다 자라서 가능한 일이지만, 나는 종종 엄마가 사시는 제주도에 가서 며칠 지내다 오거나, 친구와 여행을 하기도 한다. 집에서도 나만의 공간을 여유롭게 사용하는 편이다.

여덟 번째, 무엇보다 지금 이렇게 사는 게 너무 자유롭다. 내가 하고 싶은 것을 마음대로 할 수 있고, 떠나고 싶을 때 홀쩍 떠날 수 있는 지금이 너무 행복하다. 누구의 간섭도, 방해도 없는 나만의 시간과 여유를 누릴 수 있어서 좋다.

아홉 번째, 내가 마음만 먹으면 자유로운 연애를 할 수 있다. 지금은 해야 할 목표와 꿈을 이루느라 미루고 있지만, 언젠가는 나와 맞는 멋진 상대가 나타나리라 생각한다. 뭐. 없으면 없는 대로 살 만하다. 나와 연애하는 기분으로 살아도 괜찮다.

열 번째, 삶이 심플하다. 심플한 것은 지루한 것과 다르다. 삶이 심플하니 다른 것들에 방해받지 않고, 내가 하는 것에 몰두할 수 있다. 집에 친구를 초대해 파티할 수도 있고, 때때로 노래방으로 만들어 마음껏 노래를 부를 수도 있다.

물론 살다 보면 단점도 있지만, 장점만 따져도 이렇게 많으니 단점을 생각할 겨를이 없다.
현재 있는 것에 집중해서 살면 삶이 단순해지고 감사할 일이 계속 생긴다.

4 • • •

뒷담화는 나를 갉아 먹는다

내가 뒷담화를 할 줄 몰라서 안 하는 게 아니다

우리는 남의 말을 참 쉽게 한다. 그 사람의 인생에 들어가 보지도 않았으면서 이러쿵저러쿵 말을 한다. 나도 예전에는 그랬다. 별생각 없이 한 사람을 도마에 올려놓고 입방아를 찧었다. 그러던 어느 날, 나는 내가 한 말이 그대로 화살이 되어 내게 돌아온다는 사실을 알았다.

내가 한 뒷담화를 그 사람 앞에서 한다고 상상해보자. 어떤 일이 벌어질까? 아마 다시는 그 사람 얼굴을 보지 못할 것이다. 그런데 얼굴이 안 보인다는 이유로 뒷담화를 한다는 것은 그 사람에 대한 소리 없는 살인이 아닐까?

우리 엄마는 질곡의 세월만큼 지혜의 삶을 사신다. 내가 이혼했을 때, 엄마는 내가 평생 잊지 못할 귀한 말씀을 하셨다.

"앞으로 사람들은 네가 이혼을 왜 했는지 물어볼 거야. 절대로 남편 욕하지 마라. 네 아이가 듣는다. 안 그래도 마음이 안 좋을 텐데, 아빠라는 사람이 나쁜 사람이라는 것을 들으면 두 번 상처받는다. 한때 같이 살았던 사람을 욕하는 것은 네 얼굴에 침 뱉는 거야. 그냥 인연이 아닌 사람으로 생각하면 그만이다."

엄마는 나와 우리 아이들을 걱정하셨다. 내가 전남편 뒷담화를 하면, 그 말로 상처받는 사람은 바로 나와 아이들이라는 사실을 아신 것이다. 그런 형편없는 사람과 같이 살았다고 말하면 나도 형편없는 사람이 된다는 것을 말이다.

우리 엄마는 아버지와 사시면서, 차마 말로 표현하지 못할 상처와 고통을 감내하며 사셨다. 가부장적이고, 고집불통에다, 독불장군인 아버지와 사시는 게 너무나도 힘드셨을 것이다. 그런데도 우리에게 힘든 내색을 하거나, 그런 아버지를 비난하지 않으셨다. 나보다 100배, 1,000배 더 힘든 삶을 사셨는데도, 관조의 태도를 유지하셨다.

홀로 그 모진 삶을 인내하고 참아내느라 몸에 병이 나셨다. 폐암 진단을 받으시고, 4년 전에 암 수술을 받으셨다. 허리 협착증으로 인한 몸의 통증으로 또 다른 고통을 겪고 계신다.

나는 몇 년 전부터 휴가 때마다 고향에 간다. 작년에도 어김없이 내 고향 제주에 갔다. 부모님이 아프신데, 다른 휴양지에 놀러 가도 마음

편히 놀지 못할 것 같아서다. 살아 계실 때 한 번이라도 더 얼굴 보고 싶은 마음도 든다.

제주도에서의 내 일과는 항상 같다. 엄마에게 아침, 점심, 저녁을 차려드리고, 집을 청소한 후, 엄마 목욕을 시켜드린다. 그리고 협착증으로 온몸이 전기가 통하는 것처럼 아프신 엄마를 마사지해드린다. 힘없이 늘어진 엄마가 한 번이라도 웃게 만들려고 재롱을 떤다.

"어머니, 나 근육 있어. 보여줄까?"

팔뚝에 힘을 주고 살짝 나온 근육을 보여주었더니 하하 웃으신다. 엄마의 웃음 코드를 익히는 것도 좋다.

외출하시는 게 여의치 않아 미용사가 아닌 내가 엄마 머리카락도 잘라드린다. 내려갈 때마다 커트해드리는 게 관례가 되어버렸다. 커트 기술은 좋지 않다. 머리카락의 윗부분부터 차례차례 손가락 사이에 머리카락을 한 움큼 가지런히 잡고 밖으로 나온 머리칼을 자른다. 기술이 아닌 순전히 손가락의 감으로 자른다. 우리 학원 앞 미용실에 가끔 놀러 가서 커트하는 모습을 유심히 봐두었다.

나는 내가 마치 전용 미용사인 것처럼 내게 머리를 맡기시는 엄마에게 농담을 해본다.

"손님, 따님표 미용실에 오신 것을 환영합니다. 길이는 어떻게 해드릴까요?"

"알아서 짧게 해주세요."

살아온 인생의 길이만큼 온통 하얘진 머리칼, 주름진 목, 검은 반점들을 보면서 늙어버린 엄마가 한없이 측은하고 가엾다.

"손님, 거울 보세요. 이 정도면 될까요?"

"어, 딱 맞는 것 같네."

나는 엄마를 휠체어에 태우고 동네 산책을 하기도 한다. 제주시이지만 약간 변두리에 위치해서 제주의 돌담과 풍경을 고스란히 느낄 수 있어서 좋다. 구멍이 뿅뿅 뚫린 제각각의 무늬와 색깔이 다른 제주의 돌들마저도 예쁘다. 어릴 때는 그렇게도 벗어나고 싶었던 제주가 엄마 품처럼 정겹기까지 하다.

멍하니 있는 엄마에게 나는 어린애처럼 재잘재잘 말을 건다.

"어머니, 이건 무슨 나무야?"

"동백낭(동백 나무)."

"그럼 동백기름 나오는 나무네? 동백기름은 꽃으로 만들어?"

"열매로 만들지."

"오, 그래? 처음 알았네? 꽃은 언제 피는데?"

"겨울에 피지."

가다 보니 콩밭이 나온다. 그런데 앞쪽에 있는 콩 줄기와 뒤쪽에 있는 콩 줄기 모양새가 다르다.

"어머니, 이건 무슨 콩이야?"

"녹두 콩이지."

앞쪽에 심어져 있는 콩은 녹두 콩이란다. 나뭇잎 사이로 5cm 길쭉

하게 나와 있는 게 우리가 밥에 넣고 먹는 녹두 콩이다. 그 뒤에 심어진 콩은 된장 메주를 담그는 노란 콩이라고 하신다. 보라색 꽃이 피고 꽃이 지면, 콩 열매가 맺힌다고 한다.

엄마는 작물 박사다. 얼핏 보기만 해도 척척 알아보시고 무심하게 작물 이름이며, 특징을 툭툭 내뱉으신다.

"어머니, 저건 깨 나무 맞지?"

"어, 깨 맞네."

"어렸을 때 깨 줄기 말려서 깨 털었던 기억이 나네? 우리 깨 키웠지?"

"맞아, 깨밭이 있었지."

이렇게 동네 한 바퀴를 돌고 집 근처로 오는데, 어디선가 달콤한 향이 바람을 타고 날아온다. 담벼락 사이로 먹음직한 무화과 열매들이 보인다.

"어머니, 저건 뭐야?"

"…."

"엥? 우리 엄마가 모르는 것도 있네? 무화과잖아."

"맞다. 맞아. 무화과 나무다. 생각이 안 났어."

"와, 너무 탐스럽게 열려서 서리해서 가져가고 싶다."

그런데 담이 너무 높다. 갑자기 《이솝우화》의 '여우와 신 포도' 이야기가 생각난다. 담이 너무 높아 탐스러운 포도를 포기했다는 이야기를 엄마에게 들려주었다. 엄마는 재미있다는 듯이 피식 웃으신다.

엄마는 저녁을 드시고 난 후, 8시 반에 드라마를 보신다. 나는 드라마를 보는 내내 "저 사람은 누구야? 저 아들은 몇째야?" 하고 물어보고 엄마는 답하느라 바쁘다.

엄마와 보낼 수 있는 날들이 얼마나 남았을까? 제주도 여인들의 고단한 삶의 전형이셨던 어머니는 단 하루도 허리를 펼 일이 없으셨다. 그 고단했던 삶의 증거로, 허리가 활처럼 굽으셨다. 암 수술 후유증으로 힘이 없으셔서 집안일도 아예 못 하신다.

제주도에서 거주하는 언니와 동생이 번갈아가며 엄마를 돌본다. 그래서 내가 내려오면 두 자매는 비로소 엄마 돌봄에서 해방된다. 나는 엄마와 온종일 붙어서, 아이 육아하듯이 엄마를 돌봐드린다.

내년에도 내후년에도 제발 엄마가 살아계셔서 엄마와 이렇게 둘이 의미 있는 휴가를 보내고 싶다. 알차게 엄마와의 추억을 쌓아가는 중이다. 우리 사이에는 남을 비난하는 어떤 대화도 오가지 않는다.

"제게 어떤 보배보다 귀하고 아름다운 어머니, 사랑합니다. 감사합니다. 남의 험담 안 하시는 어머니의 찬란한 인격을 저도 본받아서, 저도 그런 인생을 살겠습니다. 어머니가 제게 물려주셨던 것처럼, 우리 아이들에게도 저의 찬란한 인격을 물려주겠습니다."

5 • • •

한번 받은 배려가
평생 기억에 남는다

나는 제주도에서 태어나 제주도에서 자랐다. 제주도 사람들의 기질
은 언뜻 보면 거칠게 보인다. 제주를 처음 찾는 외부인의 입장에서는
이런 기질이 다소 낯설게 느껴질 수도 있다. 텃세 부리는 것처럼 느껴
질 수 있다. 하지만 안을 깊게 들여다보면 따뜻함과 투박함이 섞인 제
주도민 특유의 솔직담백한 정서를 알 수 있다.

나는 제주도 남녕고등학교 1회 졸업생이다. 당시 인문계열 학교에서
는 처음으로 남녀공학 학교이자 사립 학교였다. 신생 학교이다 보니 처
음 학교 정문에 들어갔을 때, 운동장 정비나 기타 건물 외부 시설 마무
리가 안 된 상태였다. 그래서 첫 입학생이었던 1회 학생들은 가끔 학교
안팎의 자잘한 작업에 동원되기도 했다.

뭐든지 첫 번째는 특별하게 느껴지는 법이다. 첫째 아이가 태어난 날, 배 속에서 세상 밖으로 나와서 처음 만나는 아이와의 특별한 유대감은 평생 잊을 수 없다. 내 몸에서 나온 작고 부서질 것 같은 연약한 생명체를 바라보는 내 마음은 어떤 형용사로도 설명할 수 없었다. 몸이 찢겨나갈 듯한 진통의 시간을 충분히 보상하고도 남는 행복이고 설렘이었다. 아이의 작은 몸짓 하나하나가 신비롭고 기적 같았다.

첫 번째로 내 눈을 마주치며, 옹알이했을 때, 첫 번째로 '엄마'라는 단어를 내뱉었을 때, 첫 번째로 몸 뒤집기에 성공했을 때, 첫 번째로 걸음마에 성공했을 때, 첫 번째로 유치원에 등원했을 때 등 이 모든 첫 번째에 의미를 부여하며 엄마인 내 장기기억 속에 저장된다.

나는 7살 때 엄마와 보낸 첫 번째 어린이날을 잊을 수 없다. 귤 농사를 짓고 계셨던 우리 부모님은 이른 아침부터 늦은 밤까지 눈코 뜰 새 없이 바쁜 하루하루를 살고 계셨다. 그런데도 아버지는 7살인 나를 위해 5월 5일 어린이날 하루를 비워놓으셨다. 아버지는 어린 3살짜리 동생을 집에서 돌보시고, 엄마는 내 손을 잡고 서귀포시로 나들이 갔다.

난생처음 나는 엄마와 함께 극장이라는 데를 가서 영화를 보았다. 영화 제목도 선명하게 기억난다. 바로 〈죠스〉였다. 해변에 나타난 상어와 인간이 사투를 벌이는 영화였다. 그 당시 TV가 없었던 우리 집 사정에 극장을 처음으로 접한 나는 엄청난 호기심과 기대감으로 가슴이 쿵쾅거렸다.

나는 스크린 앞에 등장한 거대한 상어 죠스를 보며 무서워서 엄마 손을 꽉 잡고 소리를 질렀던 것으로 생각난다. 지금까지 기억에 남아 있는 것을 보면 내 뇌에 각인될 만큼 엄청난 경험이었다. 나는 그 영화가 스티븐 스필버그(Steven Spielberg)라는 영화계 거장의 작품이란 것을 나중에 알게 되었다.

그리고 그날 나는, 어린이날 선물로 빨간색 줄무늬의 예쁜 샌들을 선물로 받았다. 나는 너무 기쁜 나머지. 혹시나 새로 산 신발이 더러워질까 봐, 과수원으로 돌아오는 내내 신발을 가슴에 꼭 안고 세상 다 얻은 표정으로 돌아왔다. 엄마와 단둘이 극장에 가고, 내가 고른 신발을 선물 받는 어린이날은 그 후에 다시는 오지 않았다.

나는 최근에, 연로하신 엄마에게 내 기억 속의 어린이날을 기억하는지 여쭤보았다. 엄마는 그런 적이 있냐며 고개를 갸우뚱거렸다. 어린이날 극장의 경험과 빨간 줄무늬 샌들 선물로 신나고 즐거웠던 것은 나였으니, 엄마가 기억을 못 하시는 것은 어쩌면 당연한지도 모른다.

그만큼 첫 번째라는 가치와 그것에 대한 기대와 설렘은 너무나 엄청나게 뇌리에 남아 있기 마련이다.

신설 학교의 1회 졸업생인 내가 이제까지 잊지 못하는 한 가지 일이 있다. 그 당시 우리 학교를 세운 분은 재일교포 출신의 부유한 사업가였다. 아직 완전히 학교 건물 외곽의 틀이 잡혀 있지 않은 상태여서, 재일교포 설립자 자제분들이 학교에 나오셔서 자질구레한 일들을 처리하셨다.

　어느 날, 나는 학교 건물 옆쪽을 걸어가다가 돌부리에 걸려 넘어졌다. 내 무릎에 피가 나서 다리를 타고 흘러내렸고, 나는 다리를 절뚝거리며 걸어갔다. 그때 맞은편에서 걸어오던 낯익은 얼굴의 한 분이 내가 절뚝거리는 모습을 보고는 걸음을 멈춰 섰다. 학교에서 늘 상주해 계시는 이사장님 패밀리 중 한 분이셨다.

　"다리를 다쳤니? 피가 나는 것 같은데?"
　"네, 돌부리에 걸려 넘어져서요."
　"이런, 상처가 덧나기 전에 조처를 해야겠군."
　"이 정도 상처는 괜찮습니다."
　"괜찮지 않아 보이는데?"
　그러면서 직접 양호실로 데려가, 내 무릎을 소독해서 붕대를 감아주셨다. 그리고 학교 주변에 자갈이 많으니 조심해서 잘 걸어 다니라고 당부하셨다.

　나는 친구들에게 이 사실을 미담처럼 말하고 다녔다. 사실 학교 이사장 패밀리라는 지위에 계신 분이니, 나 같은 일개 여학생이 다친 것을 보고, 그냥 모른 체하고 지나쳐도 아무도 뭐라고 할 사람이 없다. 그런데도 지나치지 않고 직접 약을 발라 주시고 붕대를 감아주셔서 너무 감동적이었다.

　50살이 넘은 지금까지도 나에게 베풀어준 그 작은 선행이 머릿속에 남아 있다. 그 작은 선행으로 인해 나는 우리 학교에 대한 긍지와 자부심을 가질 수 있었다. 작은 상처도 싸매줄 수 있는 분이 운영하는 학교는 앞으로 잘될 수밖에 없다고 생각했다.

그분은 나를 기억하지 못할 것이다. 본인이 베푼 작은 선행으로 한 여학생의 마음이 얼마나 위로받았고, 그 위로를 평생의 아름다운 추억으로 간직하고 있는지 말이다.

반면 한 번의 쓰라린 말이 누군가에게 트라우마로 남을 수 있다. 나는 선한 의도로 좋은 일을 했는데, 몇몇 어른들의 오해로 어이없이 끝나버린 일이 있다. 중학교 시절, 나는 친하게 지내는 세 명의 친구들이 있었다. 수업이 끝나면, 같이 모여서 정류장 몇 개에 해당하는 먼 거리의 집까지 걸어가곤 했다. 가는 길에 시냇물이 있었는데, 쓰레기로 뒤덮여 있어서 보기도 흉하고, 오염의 원인이 되는 듯했다. 나는 친구들에게 우리가 시냇물의 쓰레기를 깨끗이 치워보자고 제안했다.

방과 후에 우리는 의기투합해 시냇가로 가서 각자 쓰레기들을 주워 한데 모았다. 그 당시에는 지금처럼 일반 쓰레기를 담는 쓰레기봉투나 재활용을 버리는 구역이 따로 마련되어 있지 않았다. 그 많은 쓰레기를 집에 가져갈 수도 없으니, 쓰레기를 태우는 방법 외에는 없었다.

우리는 가져온 성냥으로 쓰레기를 태워, 쓰레기를 재로 만들었다. 우리는 누가 시킨 것이 아닌데도 깨끗한 냇가를 만드는 데 우리가 앞장서고 있다는 자부심으로 마음이 부풀어 올랐다. 사총사가 함께 청소하느라 지루한 줄도 몰랐다. 3일째 되는 날, 우리는 다시 시냇가로 가서 여느 때처럼 쓰레기를 치우고 한데 모아 성냥을 그어 쓰레기를 태웠다.

어스름한 저녁, 우리가 모은 쓰레기를 태우고 있을 때였다. 멀리서 지나가는 사람들이 쓰레기를 태우고 있는 우리에게 큰소리로 외쳤다.

"아니, 어떤 놈들이 불장난하고 있냐? 집에나 가지 않고. 경찰에 끌려가 볼래?"

우리는 경찰이라는 말에 화들짝 놀라서 얼음이 되고 말았다. 우리가 세운 시냇물 정화 프로젝트는 이렇게 끝나고 말았다.

지금 생각해보면, 그 어른들한테 달려가 일의 정황을 잘 말씀드리고, 양해를 구했으면 될 일인데, 어린 마음에 그런 생각을 하지 못했다. 밤에 시냇가 다리 밑에서 불을 피우는 행위를 무조건 청소년들의 비행으로 연결하는 어른들의 고정관념이 빚어낸 사건이었다.

만약 그 어른 중 한 분이라도 우리에게 다가와서 중학교 1학년 아이들의 정화 프로젝트에 관심을 가지고 칭찬해주었더라면, 우리는 그 일대의 냇가 쓰레기들을 계속 치워나갔을 것이다.

중학교 3학년 때, 나는 막내 오빠로부터 학교 운동장에서 처음으로 자전거를 배웠다. 대학생인 오빠는 내가 자전거를 타고 앞으로 잘 나가는 것을 보고, 더 연습하다가 집에 가라며 약속이 있다고 나를 두고 가버렸다. 나는 어느 정도 연습하고 집으로 타고 가도 되겠다 싶어, 학교 운동장 밖으로 나왔다.

그런데 학교를 나와 집으로 가는 길은 경사가 심한 내리막길이었다. 오빠가 브레이크 거는 방법을 가르쳐주지 않아, 나는 멈추는 법을 몰랐다. 자전거는 내리막길에서 페달을 밟지 않았는데도 쏜살같이 달렸다. 코너 삼거리에서 택시가 오는 것을 알면서도 나는 멈추지 못했다. 택시 옆면으로 그대로 충돌하고 나는 자전거와 함께 바닥으로 넘어지고 말았다.

택시 아저씨는 쓰러져 있는 나를 보고 어디 다친 데 없나 물어보지 않고 다짜고짜 혼을 냈다.

"아니, 이 여학생이 집에 얌전히 있을 것이지, 어디 나다니며 자전거를 타고 다니냐?"

지금 같으면 코너에서 자전거 타는 나를 발견하지 못하고 그대로 달린 기사 아저씨의 잘못도 있다는 것을 알지만, 당시의 나는 그런 사실을 몰랐다. 자전거 탄 첫날의 사고 트라우마로 인해, 나는 지금껏 자전거를 못 탄다.

이렇게 한번 받은 배려와 말은 마음속에 평생 따스한 기억으로 남는다. 반면, 생각 없이 내뱉은 쓰라린 말과 행동이 누군가에게 평생의 트라우마로 남을 수 있다. 그러니 내가 받고 싶은 말과 행동을 선택해서 말하고 행동해야 한다.

좋은 엄마로 사는 법

좋은 엄마의 기준은 뭘까?

오랜만에 막내와 외식을 하러 나갔다. 내 생일이 다가오자 미역국을 맛있게 잘하는 한식당으로 가자고 했다. 정말 근사한 한 상차림이 나왔다. 미역국 맛을 보니, 내가 집에서 공들여 요리한 미역국보다 더 감칠맛이 났다. 집밥이 밀릴 수 있다는 것을 인정하기 싫었지만 인정할 것은 인정해야 한다.

아이들이 어릴 때는 아무리 바빠도 반찬은 네 가지 이상에 국이나 찌개를 식탁에 올리곤 했었다. 매주 장을 보고 재료를 깨끗이 손질해서 냉장고에 두는 것만 해도 꽤 많은 시간과 정성이 든다. 파 하나만 해도 파 뿌리를 잘라내고 흙이 없어질 때까지 깨끗이 씻어서 말리고 다져서 냉동실에 넣어야 하니 30분은 족히 걸린다. 아이들이 아직도 날씬함을 유지하는 것을 보면 어릴 적 거르지 않고 집밥을 먹어서 그런 게 아닌 가 하는 생각이 든다.

하지만 아이들이 20살이 넘어서 밖에서 밥을 해결하는 일이 많고, 배달 음식이 성행하다 보니 나의 집밥은 길을 잃어버렸다. 오감을 자극 하는 매운맛 떡볶이와 매운 닭발에 싱겁고 담백한 내 음식이 밀리고 만 것이다. 20대의 입맛을 감당할 수 없으니, 나는 나의 입맛대로, 아이들 은 아이들 입맛대로 각자 먹고 싶은 타이밍에 먹게 되었다.

막내는 특히 자기 취향이 확실하다. 더운 여름날, 삼계탕을 끓여주 면, 이것저것 간을 더해서 먹곤 했다. 맛이 없으면 맛없다고, 맛있으면 맛있다고, 먹기 싫으면 먹기 싫다고 칼같이 본인의 의사를 표현했다.
미역국 상차림을 받고 보니, 엄마를 생각하는 막내의 마음이 고맙게 느껴진다. 내 품에서 나온 자식이 어느덧 자라서 엄마 생일날 밥을 사 주다니 참 오래 살고 볼 일이다. 밥을 먹으면서 어린 시절에 관한 이야 기를 주고받게 되었다.

나는 말이 나온 김에 제주도로 이사 가서 살던 때를 떠올리며 물어보 았다.
"딸, 그때는 왜 그렇게 삐딱하게 굴었어? 왜 그렇게 엄마 속을 태웠 을까?"
"엄마, 나는 엄마 속 태우려고 일부러 그렇게 행동한 게 아니야. 엄마가 그렇게 느낀 거지."

"학교도 안 가고 시체처럼 누워 지내는 행동 자체가 엄마 속 태우는 거지."

"제주도로 이사 가기를 결정한 것은 엄마였잖아. 엄마가 보기에 마음에 안 드는 친구들 떼어놓으려고 그런 거 아니었어?"

"서울에는 의지할 수 있는 어른이 아무도 없으니까 외로울까 봐 그런 거였지. 제주도에 가면 의지할 이모들, 할머니, 할아버지가 계시니까 마음이 좀 놓이잖아."

"엄마, 사춘기 때는 친구가 전부야. 내가 아무 말도 통하지 않는 제주도에서 얼마나 힘들고 낯설었는지 알아? 엄마는 제주도가 고향이니까 편하고 좋았겠지."

"그랬구나. 낯설고 힘들었구나. 이사 가지 말고 한 달살이를 할 것을 그랬네."

"그래도 엄마가 나를 위해 그렇게 해주어서 고마워. 다 안 좋았던 것은 아니야. 제주도에서 사귄 친구랑 아직도 연락하잖아. 제주도 애들은 참 순박해서 좋아."

나이가 어리다고 생각할 줄 모르는 게 아니다. 나이가 많다고 생각이 다 옳은 것도 아니다. 나는 나의 시각에서 바라본 좋은 엄마가 되기를 원한 것이었다. 아이의 입장과 가치관에서 바라본 좋은 엄마가 아니었다. 아이의 감정을 들여다보고, 아픔을 같이한 게 아니었다.

진정으로 좋은 엄마는 아이의 잘못된 행동을 내 생각대로 조종하는 게 아니라, 아이의 편에서 아이 감정을 존중해주는 엄마라는 생각이 든다. 굳이 좋은 엄마가 되려고 애쓰지 말고 아이 편이 되어주면 된다. 뭐가 옳고 뭐가 그른지 따지지 말고 아이를 인정해주면, 아이도 엄마를 인정해준다.

엄마는 그 자체로 훌륭하다

바쁜 큰딸과 약속 잡기가 쉽지 않다. 평일에는 직장을 다니고, 주말에는 교회 활동으로 바쁘니 얼굴 보기가 쉽지 않다. 가끔 뜻 맞는 사람들과 함께 길거리 버스킹이나 유튜브 영상을 찍기도 한다. 그런 큰딸과 당일치기로 여행할 수 있는 것도 감지덕지할 일이다. 너무 멀지 않으면서 도시를 벗어나 힐링할 수 있는 곳을 찾다 보니 남이섬이 눈에 들어왔다.

내가 운전하고, 딸은 옆에 앉아 노래를 틀어주었다. 나는 아이유의 노래를 들으면서 올라가지도 않는 음을 따라 하느라 목에 핏대를 세웠다. 나도 한때 한 노래 했었는데, 내 마음대로 고음이 안 올라가니 속상하다고 말하자 큰딸은 "그럴 수 있지. 나는 음악 전공까지 했는데도 그런 적 많아"라고 말하며 다독여준다. 큰딸은 말을 참 예쁘게 한다. 사람을 기분 좋게 하는 재능이 있다. 큰딸은 어디를 가나 사랑을 받는다. 우리 친정집에 가서도 큰딸은 다소 무거운 집안 분위기를 밝게 해준다. 그래서 나는 큰딸을 가끔 빛과 소금이라고 부르기도 한다.

금강산도 식후경이라고, 우리는 남이섬에 들어가기 전에 점심을 먼저 먹기로 했다. 횟집에 들어가 정식 코스 요리를 주문했다. 생각보다 다양하고 맛있는 정식 요리에 우리는 만족스러운 식사를 할 수 있었다. 특히 우럭튀김은 겉은 바삭바삭하고, 속은 부드러운 겉바속촉의 맛이어서 입에 착 달라붙는 맛이었다.

"요번에 섬살이 소개하는 TV에서 우럭튀김 요리가 나와서, 완전 군침 돌았는데 오늘 먹게 될 줄 몰랐네."

"그래? 내가 엄마 생선 좋아하는 줄 알고 여기로 온 건데, 맛있다니 기분이 좋네. 다음에 또 올까?"

"좋지. 다음에 꼭 다시 오자. 다음에는 막내도 같이 데리고 와야지."

나는 식사를 끝내고, 계산대로 향했다. 그러자, 딸은 "엄마, 내가 아까 화장실 가는 척하고 계산했어. 엄마 몰래 계산해야지 하고 올 때부터 생각하고 있었거든"라고 말하며 웃음을 지었다.

"오, 그런 기특한 생각을 하다니 우리 딸 좀 멋진데?"

"내가 좀 멋진 구석이 있지. 엄마 닮아서."

'엄마 닮아서 멋지다'라는 말에 나는 함박웃음을 지었다. 말 센스쟁이 딸 덕분에 남이섬에 아직 도착도 하지 않았는데, 이미 여행을 즐기는 기분이었다.

날씨도 적당히 따뜻하고, 푸르른 나무와 주변 호수의 물이 어우러진 남이섬의 풍경은 지친 몸과 마음을 녹이기에 충분했다. 곳곳에 설치된 예쁜 조형물들 앞에서 사진을 찍었다. 역시 젊은 피는 다르다. 사진 한 장을 찍는데도, 그냥 넘어가는 법이 없다. 긴 다리를 강조하기 위해 밑에서 각을 잡고, 사진 아래쪽 여백을 얼마나 남겨야 하는 등의 까다로운 주문을 해서 좀 짜증이 나기도 했다. SNS에 사진을 올리기 위해, 더 예쁘고 더 감성 있는 사진을 찍는 데 열을 올리는 딸의 모습을 보고 세대 차이가 느껴졌다.

나중에 집에 오면서 딸이 주문한 대로 찍은 사진을 보니, 그냥 막 찍은 사진보다 확실히 감성 사진의 느낌이 났다. 여행의 참의미는 서로에 대해 좀 더 알아가는 시간이 된다는 데 있다. 집에서는 하지 못하는 이야기를 밖에서는 편하게 할 수 있기도 하다. 나는 가끔 딸에게 하고 싶은 이야기가 있으면 카페를 이용하는 편이다. 집에서 말하게 되면 나도 모르게 욱하는 경우가 있어 내가 말하고자 하는 요점은 없어지고 감점만 상하는 경우가 있기 때문이다.

미국의 원주민 속담에 이런 말이 있다.
"자녀가 20살이 되면 엄마의 역할은 끝나고 다시 인간으로 돌아가는 시간을 가져야 한다."
엄마의 역할은 끝내고, 성인이 되었으니 인생을 살아가는 동반자로서 살아야 한다. 그래서 중년에서 노년으로 가는 정서는 '기쁘지만 서글픈 홀로'라고 한다. 이 단계에서는 서로가 각자의 새로운 인생을 향해 걸어가는 여정을 떠나야 한다. 엄마는 엄마의 인생을, 딸은 딸의 인생을 걸어가야 한다.

영국문화협회에서 102개국을 대상으로 이 세상에서 가장 아름다운 단어에 대해 설문조사를 했다고 한다. 그 결과, 선정된 단어는 바로 '엄마'였다. 엄마는 누가 말하지 않아도 그 자체로 특별한 존재다. 이 순간에도 나는 '엄마'라는 말을 키보드에 두드리기만 하는데도 눈시울이 붉어진다.

'나는 나의 엄마에게 좋은 딸이었을까?'라는 질문에 그렇다고 말할 수 없는 자신을 본다. 공기처럼, 바람처럼 당연하게만 여겼던 엄마의 사랑을 지금의 딸에게 투영해본다면 답이 나온다. 우리 딸들이 나의 사랑을 당연하게 생각한다고 해서 억울할 게 없다. 나도 그랬으니까. 세상의 모든 엄마는 그 자체로 훌륭하다.

나도 결점이 있다는 것을
인정하라

내가 꼰대라고 느껴질 때

큰딸은 대학 때, 보컬을 전공했다. 대학을 졸업해서도, 뜻이 맞는 사람들과 길거리 버스킹을 하거나, 유튜브 동영상을 찍는 것을 보면 노래에 대한 열정이 대단한 것 같다. 집에서도 이어폰을 끼고 노래를 들으며, 흥얼거리는 시간이 많다.

큰아이가 에어팟을 끼고 있을 때는 내 말을 못 들을 때가 많다. 내가 몇 번 이야기했는데도 대답이 없으면 답답하다. 한번은 이 문제로 다툰 적이 있다. 여러 번 불렀는데도 대답이 없어서 내 목소리 톤이 올라갔다.

"집에서는 에어팟 안 끼면 안 되니?"
"아니, 엄마는 왜 이렇게 짜증 내면서 말해?"

"네가 대답 안 하니까 못 듣는 줄 알고 크게 말한 건데?"

"에어팟 끼고 노래 들으면서 쉬는 건데, 왜 이런 거 갖고 뭐라고 해?"

거기서 멈춰야만 했다. 그냥 그러려니 넘어가면 되는 일인데, 끝까지 의견을 굽히지 않은 딸이 야속했다. 야속한 마음에 큰소리를 냈다. 딸은 내 말을 무시할 마음이 전혀 없었다. 무시한다고 느낀 것은 바로 나였다.

꼰대 짓을 한 것이다. 나이가 들면 왜 자꾸 꼰대 짓을 하는 것일까? 나보다 어리거나 상대적으로 약해 보이는 사람에 대한 우월감에서 그런 것 아닐까? 우월감은 자기의 경험이나 의견만 옳다고 생각하는 착각에서 비롯된다. 내가 내세울 수 있는 것은 딸보다 더 오래 살았다는 사실이다. 하지만 오래 살았다고 해서, 나의 경험치로만 상대방을 판단하는 것은 옳지 않다.

꼰대는 내세울 게 나이밖에 없는 바보라는 것을 만천하에 드러내는 것이다. 열등감의 표현이다. 나이가 더 많다고, 지위가 더 높다고, 돈이 더 많다고, 상대방에게 위압감을 주는 것은, 그것 말고는 내세울 게 없어서 하는 꼰대 짓이다. 상대방은 바로 눈앞에서는 수긍하는 척하겠지만, 마음속으로는 차단해야 할 인간으로 걸러 내버린다.

하찮은 우월감을 지켜 내느라 다른 사람의 마음을 다치게 하지 말자. 나는 나이가 더 들면 꼰대라는 소리를 들을까 봐 겁이 난다. 나이 드는 것도 서러운데, 꼰대 소리까지 들으면 얼마나 서럽겠는가?

'그래서 90살이 된 나에게'라는 제목의 글을 써보았다.

나는 예쁜 할머니가 되어 있을 것이다. 마음도 예뻐야 하겠지만 청바지에 흰 티셔츠를 입어 캐주얼함을 잃지 않을 것이다. 레이어드 단발 헤어스타일을 유지하며, 여름이면 흰색 샌들에 페디큐어를 한 맨발을 드러내고 비치 가방을 멘 그래니(granny)가 될 것이다.

입은 닫고 지갑을 여는 멋진 할머니가 되어 있을 것이다. 지갑 안에는 빳빳한 5만 원권 지폐가 들어 있고, 언제든 내가 좋아하는 지인들에게 밥을 사고 커피를 사며, 손자 손녀들에게 잔소리와 훈계 대신 주머니에 용돈을 훅 찔러 줄 것이다.

내가 90살이라면 지는 해가 아닌 뜨는 해가 될 것이다.
일찍 일어나서 텃밭을 가꾸고 수확하는 기쁨을 누릴 것이다. 고추, 상추, 치커리, 양파, 파를 심어 무농약으로 키우고 내 손으로 직접 따는 작은 농부가 될 것이다. 수확의 기쁨을 이웃과 가족들에게 나누어줄 것이다. 가만히 앉아서 받아먹는 지는 해가 아닌, 나눔을 실천하는 뜨는 해의 삶을 살 것이다.

몸과 마음이 건강한 할머니가 될 것이다.
내가 90살이라면 매일 걷기, 요가, 트레킹을 하며 몸과 마음을 단련할 것이다. 아파서 골골거리는 할머니 이미지는 내가 아니

날마다 글을 쓰는 글쟁이 할머니가 될 것이다. 내가 90살이라면 지금처럼, 블로그와 책 쓰기를 꾸준히 하면서 뇌가 녹슬지 않도록 할 것이다. 자연과 사람을 관찰하며 그림을 그릴 것이다. 취미생활은 내 삶의 원천이니까.

90살이 되어도 멋지지 않은가?

모든 사람한테 사랑받으려고 애쓰지 마라

내가 아무리 잘해도 모든 사람이 나를 좋아할 수는 없다. 사람마다 호감과 비호감의 기준이 다르기 때문이다. 그러니, 나에게 비호감인 사람에게까지 잘 보이려고 애쓸 필요는 없다. 또한 나에게 비호감인 사람이 툭 던지는 말에 상처받을 필요도 없다. 차라리 그 시간에 나와 잘 맞는 사람과 좋은 에너지를 교류하는 게 낫다.

나는 아무리 친한 사이여도 자꾸 선을 넘는 충고를 하거나, 내 일에 대해 사사건건 간섭하는 유형의 사람과는 잘 맞지 않는다. 나를 생각해서 해주는 말이라고 그럴듯하게 포장하면서, 지지해주는 말보다는 부정적인 피드백을 들으면 의욕이 꺾인다. 의욕이 꺾일 뿐만 아니라, 같이 있는 내내 불편하고 자리를 피하고 싶다.

나는 이런 유형의 사람을 만나면서 내 에너지와 시간을 할애하고 싶지 않다. 차라리 속 편하게 혼자 있는 편이 낫다. 40대까지만 해도, 다양하고 넓은 인간관계를 맺는 게 좋다고 생각했다. 하지만 인간관계가 많을수록 스트레스 유발요인도 많다는 것을 경험하게 되었다. 겉으로는 친한 척하고 웃음을 지으면서, 결국 잇속만 챙기려 드는 사람을 보면 '아, 이 사람은 손절해야 되는 사람이구나'라고 느끼게 된다.

또한 만날 때마다 자기 인생을 하소연하는 사람이 있다. 자기가 왜 이렇게 불행하고 힘든지 하나하나 열거해가면서 세상에서 가장 힘든 것처럼 말한다. 자기 거울 현상 이론에 의하면, 부정적인 말을 계속 듣는 사람의 뇌는, 말하는 사람의 뇌와 똑같이 부정적으로 변한다고 한다. 그러니, 힘든 이야기는 본인이 알아서 혼자 해결하는 게 좋다. 상대방의 감정을 빨아먹는 감정 뱀파이어가 되지 말자.

반면, 내가 하는 것은 무조건 지지해주고 내 편을 들어주는 친구를 만나면 마음이 편해지고 에너지가 솟아오른다. 곁에 그런 사람만 두면, 인간관계로 인한 스트레스를 받을 필요가 없다. 그런 소중한 친구에게는 나도 긍정의 에너지를 주고 싶다. 어떤 상황에서도 좋은 점을 발견하려고 노력한다. 실제로, 좋은 점만 발견하려고 애쓰다 보면 좋은 점만 보인다.

나와 맞지 않은 사람들과 맞추느라 감정을 소모하기에는 내 인생이 너무 소중하다. 나의 가치를 알아주고 긍정의 에너지를 주는 사람이 세상에 단 한 사람이라도 있다면, 성공한 삶이라고 생각한다. 남을 위한 인생을 살지 말고 나를 탐구하는 시간을 늘린다면 관계에 집착하지 않게 된다.

남에게 휘둘리지 않으려면 마음 근육을 단단히 하는 것도 중요하다. 나는 어릴 때부터 몸이 매우 마른 편이었다. 어떤 사람들은 내 몸을 보고 아무렇지도 않게 "왜 이렇게 말랐냐? 음식을 먹긴 먹냐? 너무 없어 보인다. 좀 먹어라"라고 말한다.

예전에는 이런 말을 들으면 마음이 상했다. 마른 사람에게 말랐다고 하는 것은 살찐 사람에게 왜 이렇게 뚱뚱하냐고 하는 말과 똑같이 상처를 주는 말이다. 지금은 이런 말을 들었을 때, 말라서 좋은 점들을 생각하면서 나 자신을 방어한다.

'마른 사람은 일단 몸이 가볍다. 잘 걸을 수 있고, 비만에서 오는 성인병에 노출될 가망성이 적다. 나이가 나오면 배가 나오고, 살이 어느 정도 쪄야 한다는 생각은 고정관념이다.'

이런 식으로 부정적인 말에 대해 분석해보고, 장점을 생각해내는 훈련하게 되면, 마음 근육이 단단해진다.

인간관계는 살아가면서 변한다. 과거의 삶을 돌이켜 보면, 시간이 지나면서 만나는 사람들도 새롭게 리셋된다. 그러니, 언제 리셋될지 모르는 사람들에 연연해하지 말고, 모든 사람에게 사랑받으려고 애쓰지 말자.

8 • • •

기억의 저편에 계신
나의 아버지

아름다운 나의 아버지

내 아버지에 대해 이야기하고 싶다. 아버지는 2년 전 겨울에 돌아가셨다. 언제까지나 살아 계실 것 같았던 아버지의 죽음 앞에서, 나는 아버지에 대한 한없는 연민과 쓰라림으로 흐느꼈다. 호랑이보다 더 무섭고 태산처럼 크고 단단한 아버지는 쓰러지신 지 4년 만에, 요양병원에서 쓸쓸하게 생을 마감하셨다.

아버지는 20대 초반에 6·25를 겪으셨고 전쟁에 참전한 참전용사이시다. 장례식에서 6·25 참전 전우회 회원들이 제복을 입고 방문해서 아버지 가시는 길을 지켜주셨다. 돌아가시고 아버지의 삶을 더듬어 보니 아버지는 참 아름다운 분이셨다. 나는 아버지가 정말 좋은 곳으로 가셨다고 믿고 싶다. 천국에서 그렇게도 원하셨던 세계여행도 마음껏 하시고, 예술의 끼도 발휘하시고, 그곳에서 돈 걱정, 자식 걱정 없이 호의호식하시기를 바란다.

막내 오빠는 결혼해서 아버지가 되어보니 새삼 우리 아버지가 얼마나 대단하신 분인지 알게 되었다고 한다. 오빠 셋과 아버지가 귤 과수원을 개간하셨을 때 상황을 전해주었다. 막내 오빠가 초등학교 5학년이었을 당시에 귤 과수원 개간을 시작했다고 한다. 나는 그때 겨우 6살이어서 기억이 나지 않는다.

당시 아버지는 대정읍 신도리라는 촌구석에서 태어나 한 집안의 장손이었다. 평범한 농사꾼 생활에 진력이 난 아버지는 얼마 안 되는 고향 논밭을 다 팔아 치우고 서귀포에서 귤 과수원을 시작할 야무진 계획을 잡고 고향을 떠났다. 그곳에서 아버지는 과수원 터로 쓸 토지 1,500평을 사들였다. 원래 귤 과수원 자리가 아니라 소나무밭이었다고 한다.
아버지는 그 많은 소나무를 다 베어 과수원을 일군다는 엄청난 꿈을 품으셨다. 소나무밭을 구입하는 데 전 재산을 다 써버렸으니, 일꾼을 부릴 엄두가 나지 않았을 것이고, 낯선 땅에서 누구의 도움을 받는다는 것도 불가능했을 것이다.

당시 고등학교 2학년이었던 큰오빠, 중학교 2학년이었던 둘째 오빠, 초등학교 5학년이었던 막내 오빠, 이렇게 세 오빠들이 소나무밭을 귤 과수원으로 바꿀 거대한 아버지의 플랜에 동원되었다. 1,500평이면 소나무가 대체 몇 그루였을까? 적어도 수천 그루도 넘었을 텐데, 그 많은 소나무를 일일이 아버지 혼자 베어내고 뿌리를 뽑아냈다는 이야기다.

그리고 베어진 그 나무들을 어떻게 옮기고 처리했을까? 다행히도 건축 업자들이 베어진 소나무를 구입해갔다고 한다. 그리고 구덩이를 파서 귤나무 묘목들을 하나하나 다 심었다. 첫 번째로 막내 오빠가 삽을 떠서 파내고, 둘째 오빠가 그 아래로 삽을 떠서 파내고, 큰오빠가 마지막에 깊은 구덩이를 파내면 아버지가 귤나무 묘목을 심었다. 나름대로 전략을 짜서 그 광활하고 척박한 땅을 일구었다.

이런 작업을 자그마치 1년 반에 걸쳐서 했다. 봄, 여름, 가을, 겨울이 지나 다시 봄, 여름이 한 번 더 돌아오는 세월이다. 시간이 아닌 세월이라고 한 이유를 알겠는가?

봄이 되면 봄 햇볕에 그을리고, 여름이 되면 30도를 오르내리는 날씨에 나무를 다 베어버려 그늘 하나 없는 뙤약볕 아래서 구슬땀을 흘리며 노동에 시달렸을 것이다. 겨울이면 제주도 특유의 매서운 칼바람을 맞으며 묘목을 옮기고 삽질하느라 손가락과 온몸의 마디마디가 쑤시고 아팠으리라. 한 달도 두 달도 아닌, 1년 반을 그렇게 하셨다니 나로서는 상상이 가지 않는다.

나는 몰랐다. 바람에 실려 귤꽃 향을 풍기며 내 코를 간지럽히던 감성의 귤나무 하나하나에 아버지의 땀방울과 피와 노력과 근육통이 서려 있었다는 것을 말이다.

교육의 신, 아버지

　아버지는 말 그대로 찢어지게 가난한 집안의 장손이었다. 뭐 옛날에는 다 고만고만 그렇게 살지 않았나 의아해하겠지만, 아버지의 아버지, 나에게는 친할아버지가 일찍 돌아가셔서 친할머니 혼자 힘으로 삼 형제를 키우고 생계를 유지하느라 사는 게 녹록지 않으셨다.

　할머니는 아버지가 집안의 장손이라는 이유로 초등학교만 졸업시키고 중학교를 보내지 않으셨다. 비록 학교는 다니지 못하셨지만, 아버지는 지독한 공붓벌레였다. 중학교에 다니는 친구들의 교과서를 빌려서 처음부터 끝까지 연필로 하나하나 노트에 베끼셨다. 복사기만 있었어도 그런 수고로움은 없었을 텐데 말이다. 그러고는 밭에서 일하시면서 베낀 노트를 닳도록 읽고, 읽고 또 읽으셨다. 반복해서 읽고 새기면서 저절로 머릿속에 각인되어 달달 외울 정도였다고 한다.

　논밭에 나가 책을 아니, 손으로 베낀 복사본을 들고 온종일 공부하는 소년의 모습이 내 눈앞에 있다. 소년의 어머니가 밭일이나 똑바로 하라고 호되게 야단치는 모습도 그려진다. 멍에를 맨 소 쟁기질을 하면서도 노트에서 눈을 떼지 않는 소년은 논밭과 어울리지 않는 아우라를 가졌다. 마음 한편에 학교에 보내주지 않은 홀어머니에 대한 원망과 응어리를 묻은 채로 아웃사이더 포스를 풍기면서 말이다.

　다른 과목은 그렇다 치고 영어는 대체 어떻게 공부하셨을까? 미스테

리다. 우리 육 남매가 중학교에 들어가기 전, 아버지는 발음기호를 손수 다 가르쳐주셨다. 요즘으로 치면 파닉스에 해당하는 발음기호를 스스로 익히시고 지식을 앉혀놓고 일일이 가르치셨다. 지금 내가 알고 있는 발음기호는 그때 아버지로부터 익힌 것이다.

그뿐인가? 한자는 물론 일본어를 완벽히 구사하셨다. 물론 일제시대를 겪으셔서 일어를 강제로 배울 수밖에 없는 환경이라고 하더라도 15살에 일제 강점기가 끝나서도 일어의 감을 잃지 않으셨다. 훗날 일본에 난초를 구하러 일본에 드나들 때는 현지인이 아버지를 일본인인 줄 착각할 정도였다.

우리 집에는 늘 빚쟁이가 들락날락했다. 과수원을 팔고 아버지가 이루지 못한 공부의 꿈을 자식들을 통해 이루겠다고 제주시로 이사를 왔다. 그런데 일이 꼬여서 과수원 팔고 남은 돈을 모두 날리고 말았다. 한 교육재단에 전 재산을 맡겼는데, 그 재단이 파산하는 바람에 우리 집은 하루아침에 망하고 말았다.

공부시킬 돈은커녕 당장 먹을 끼니 걱정을 해야 했다. 그러나 아버지는 그 상황에서도 두 오빠를 서울에 있는 대학에, 그리고 언니도 대학을 보내고 나도 일반 고등학교에 입학시키셨다. 어머니는 형편이 너무 어려우니 나를 상고에 보내실 생각이셨지만, 아버지가 결사코 반대하시고 나를 일반 고등학교에 보내셨다. 친척들이 자기 앞가림도 못하면서 왜 여자애들까지 대학에 보내느냐고 한 소리 했지만, 아버지는 고집을 꺾지 않으셨다.

엄마는 당장 먹을 쌀조차 없어지자, 나보고 동네 슈퍼에서 외상으로 라면을 사 오라고 심부름을 시키셨다. 슈퍼 아줌마는 어린 나에게 밀린 외상값이나 갚으라고 하면서 내 자존심을 박박 긁어놓았다. 외상 심부름하는 게 너무 싫었다. 아니, 너무나 창피했다. 라면이 주식이 되어버린 그 어린 날들의 추억이 빗물처럼 가슴에 가만히 들어와 적신다.

"아버지, 감사합니다. 수많은 빚 독촉에도 불구하고 저희를 교육받게 해주시고, 대학 캠퍼스를 밟는 기회까지 주셔서 감사합니다. 아버지의 사랑과 희생을 미리 깨닫지 못해 죄송합니다."

행복에는
책임이 필요하다

1 • • •

날마다 나로
살아가는 법

책 읽기의 좋은 점

책을 읽기 시작하면서 나는 조금씩 변하고 있는 나를 느낀다. 책 읽기를 통해서 능동적 자아발견을 하고 있다. 어둡고 침침한 세계에서 빛으로 나오고 있다. 구체적으로 어떤 점이 변했을까?

첫 번째, 나를 와칭(watching)하면서 나의 내면을 들여다보게 되었다. 내가 좋아하는 것이 뭔지 알게 되었다. 롭 무어(Rob Moore)의 《결단》에서는 '일단 시작하고 나중에 완벽해져라'라고 조언한다. 무엇이든 시작만 하면 앞으로 나아가게 되어 있다. 나는 일단, 하루 30분 글쓰기를 작정해서 노트에 그날 읽은 책 내용과 느낌, 실천해야 할 리스트를 적어보았다. 글쓰기도 운동처럼 매일 해야 필력이 생기고, 필력이 생기면 긴 글쓰기도 가능하리라 본다.

두 번째, 감정을 조절하게 되었다. 감정은 내가 아니다. 나의 것이다. 핸드폰이나 책과 같은 물건처럼 보이지는 않지만, 내 물건처럼 객관화할 줄 알아야 한다. 나는 그동안 감정을 나와 동일시해서 감정에 굴복해왔다는 것을 알았다. 지금은 머릿속의 감정이 펜듈럼(Pendulum, 개개인의 사념 에너지가 모여 생긴 집단적인 상념)임을 깨닫고 즉시 한 발 뒤로 물러날 줄 안다. 부정적인 감정에 휘둘리지 않는다. 부정적인 감정이나 불안이 엄습할 때면 《리얼리티 트랜서핑》에 나온 것처럼, "아, 펜듈럼, 너였어?' 이번에는 날 낚기가 쉽지 않을걸? 나는 이제 더 이상 줄에 매달린 꼭두각시 인형이 아니야"라고 즉시 말한다. 나에게는 순간 올라오는 감정들을 받아들일지, 거부할지를 결정하는 자유가 있다.

세 번째, 나는 내 안에 있는 행복의 파랑새를 늘 인식한다. 우주는 에너지 생명체. 나도 에너지 생명체다. 내 안이 부정과 불안으로 채워지면, 그 에너지가 내 주변과 우주에까지 미치고 결국 나에게 돌아온다. 그런 바보 같은 짓이 어디 있단 말인가? 내 안에는 창조자인 하나님이 계신다. 하나님은 우리 인간을 창조할 때 기쁨의 세레나데를 부르며 이 세상을 마음껏 즐기면서 살 수 있는 자유 의지를 주셨다.

마이클 싱어의 《상처받지 않는 영혼》에서는 "우리 깊은 내면에는 신성과의 연결점이 있다. 개인적 자아를 초월한 우리 존재의 한 부분이 있다. 당신은 마음이나 몸 대신 그 부분과 하나가 되기를 의식적으로 택할 수 있다. 당신은 변화된 자신이라는 거울을 들여다보면서 신의 본성을 알 수 있다"라고 말한다.

신성을 의식하고 살아가면 내면의 고요와 평화를 누릴 수 있다. 차를 운전하고 장거리 여행을 갈 때 "나는 신성으로 운전을 한다"라고 중얼거리며 운전하면 피곤을 덜 느낀다. 글을 쓸 때도 "나는 신성으로 글을 쓴다"라고 말하면서 글을 쓰면, 문맥에 맞는 매끄럽고 자연스러운 글을 쓸 수 있다.

네 번째, 나 자신을 사랑하게 되면서 동시에 타인과의 관계가 좋아졌다. 내 안에 사랑이 충만해지면 저절로 그 사랑이 타인에게로 옮겨진다. 다른 사람을 판단하지 않고, 있는 그대로 인정하고 받아들이게 된다. 나한테 잘해주어서, 기분이 좋아서, 나에게 이득이 되어서 이런 조건이 붙지 않고, 상대방을 있는 그대로 바라보고 사랑할 줄 안다. 우리 아이들을 볼 때도 이유 없이 내 눈에 하트가 그려진다. 의식 성장이 이루어진 것이다.

다섯 번째, 현재 하는 일을 즐길 줄 안다. 그전에는 내가 하는 일에 늘 무게감을 가졌다. 어떤 일에 중요성과 무게감을 주는 순간, 긴장하고 쉽게 지치고 에너지가 고갈되는 것을 알았다. 힘을 빼고 주변에서 일어나는 모든 일을 통제하려 하지 말고 현 상황을 관찰하는 입장으로 바꾼다. 나를 객관화하는 것이다.

나도 사람이다. 늘 기분이 좋거나 일이 잘 풀리는 것은 아니다. 좋지 않은 감정이나 상황을 문제로 보지 않고 관찰하는 자세로 바꾸니 훨씬 가볍게 느껴진다. 힘을 빼니 힘이 생긴다.

밖에 비가 많이 온다. 마음이 처지는 게 느껴진다. 그런 나를 관찰하고 따뜻한 차를 마시며 거울을 보고 씩 웃어본다. "비를 피할 집이 있고 따뜻한 차를 마실 수 있으니 좋네." 감사가 밀려온다. 책을 읽고 글을 쓰는 내가 좋다. 나의 기분은 내가 결정할 수 있다.

걷기만으로 건강해지고 뇌가 젊어진다.

내가 하는 일을 즐겁게 잘하려면 몸이 건강해야 한다. 몸이 아프면 일할 의욕이 사라진다. 걷기만으로 건강해지고 뇌가 젊어진다는 사실을 나는 책을 통해서 알게 되었다. 그것도 30년이나 뇌가 회춘(?)한다고 한다. TV를 비롯한 대중매체, 수많은 건강 관련 책에서 건강의 첫걸음으로 걷기를 하라고 한다. 우리는 모바일 걷기 앱을 이용해 10,000보 걷기, 15,000보 걷기, 1시간 걷기를 실행해서, 성공하면 건강이 보장될 것처럼 뿌듯해한다.

그런데 실상은 여전히 허리가 아프고, 몸이 무겁고, 머리가 아프다. 내 몸에 변화가 없다. 오히려 너무 무리해 걸어서 무릎이 아픈 날도 있다. 도대체 왜 그럴까? 제대로 걷지 않아서다. 제대로 걸어야 의사들이 말하는 건강한 몸과 뇌가 만들어진다. 10,000보라는 숫자를 채우기 위한 걷기는 도움이 안 된다.

단 월드의 창시자인 이승헌 작가는 《나는 120살까지 살기로 했다》에서 '장생보', 즉 장수하며 사는 걸음은 따로 있다고 한다. 120살까지 살기로 마음을 먹다니, 대단한 의지의 소유자다. 그가 말하는 장생보 걷기의 요지는 딱 두 가지다.

첫 번째, 11자로 걸어라. 잠시 자신의 신발을 보자. 신발 밑창을 보면 그 사람의 걷는 자세가 보인다. 그 사람의 현재 건강 상태가 보인다. 혹시 신발 밑창 뒤축 오른쪽이 다른 부분에 비해 닳아 있지 않은가? 다른 데는 멀쩡한데, 뒤축이 닳아 구멍이 뚫려 새 신발을 구매한 적은 없는가?

여기에 해당한다면, 당신은 팔자걸음으로 걷고 있는 것이다. 그러니 걸어도 피곤하기만 하고 아프다.

두 번째, 발의 뒤축, 중간축, 앞축의 순서로 밟아라. 신발 밑창 앞축이 깨끗하다는 것은, 걸을 때 앞축에 힘이 닿지 않았다는 이야기다. 중간 축까지만 걷다 발을 바꿔버렸다는 이야기다. 한마디로 제대로 걷지 않은 것이다. 앞축을 의식하며 걸어야 다리, 배, 심장을 거쳐 뇌에까지 에너지가 전달된다.

그 이유는 발의 앞축, 발을 오므렸을 때 가장 들어간 부분(검지와 중지 발가락 사이)에 용천이라는 혈이 있기 때문이다. 이 혈을 꾹 눌러주어야 온몸을 거쳐 물리적으로 에너지가 뇌로 올라가는 것이다. 에너지 순환은 곧 혈액 순환이다.

네이버에서 용천혈을 검색해보면, '두통, 이명, 시력장애, 천식, 파상풍 등을 고치는 데 용천혈 자리에 침을 놓는다'라고 한다. 용천의 뜻은 '물이 솟아나는샘'이라는 뜻으로, 아래로 내려온 혈액을 위로 보내는 역할을 한다. 이 용천을 자극하면 용솟음치는 샘물처럼 온몸으로 혈액이 돌아가게 한다는 이야기다.

걷는 방법은 알았는데, 그러면 어떻게 고쳐야 할까? 나도 평생 걸어온 방법을 고치는 게 쉽지 않았다. 그러다가 생각 끝에 쉽게 실행할 수 있는 방법을 찾았다. 롭 무어의 《결단》에서 저자는 글쓰기 초보자를 지도할 때 15분 훈련법을 사용한다고 한다. 15분 동안 알람을 맞춰놓고, 그 시간에는 오로지 글쓰기만 하는 것이다. 15분 종료하면 5분 쉬고, 15분 글을 쓰고 5분 쉬고, 세 번째 쉴 때는 10분 쉬고, 이렇게 반복하면 몰입 상태가 되어 상당한 양의 글쓰기가 가능하다는 것이다.

이 방법을 걷기에 적용하는 것이다. 제대로 걸어야 건강해지고 뇌가 젊어진다. 이해했으면 걷기 시작할 때 핸드폰에 15분 스톱워치를 설정하고, 15분 동안 두 가지, 즉 11자 걷기, 앞축, 중간축, 뒤축을 의식하며 걷는다. 그리고 5분 쉬고 15분 스톱워치 설정하고 쉬고를 반복한다. 한 달 정도 하다 보면 내 몸이 알아서 11자로 뒤축까지 의식하며 걷는다. 내가 효과를 본 것이니 믿고 해보시라.

내 몸은 내가 챙겨야 한다.

2 • • •

꿈꾸는 자가
꿈을 이룬다

    나의 첫 번째 버킷리스트는 내 이름 석 자가 들어간 책을 내는 것이다. '독파만권 행만지로', 즉, '만 권의 책을 읽고 만리길의 여행을 떠나라. 내가 창조한 운명과 데이트를 즐겨라.' 바딤 젤란드(Vadim Zeland)의 《리얼리티 트랜서핑》에 나오는 구절이다. 나는 이 구절에 매료되어 내 카카오톡 대문에 저장해두었다. 책을 읽는 것은 언뜻 보면 정적인 영역이다. 하지만 책 안에는 내가 경험하지 못한 온갖 모험, 도전, 상상의 세계가 펼쳐져 있다.

    내 머릿속은 책 속의 세상에 동화되어 춤을 추고, 책 속의 주인공이 되어 하루에도 수천 킬로를 달린다. 만 권의 책을 읽는다는 것은 만 번의 간접 경험을 한다는 의미다. 또한, 책은 내가 실의에 빠지거나 우울할 때, 위로의 말을 건네준다.

그러니 책 읽기는 엄밀히 말하면 정중동(靜中動, 고요 속의 움직임)의 세계다. 반면에 책 쓰기는 내가 직접 경험한 것과 나만의 노하우를 전하는 것뿐만 아니라, 상상의 세계를 스스로 창조하는 영역이다. 책 읽기의 간접 경험보다 더 진화된 창조자가 되는 것이다. 책 읽기보다 한 차원 더 높은 수준의 세계다. 그래서 나는 이 문구를 이렇게 수정했다.

　'집필백권 행만지로', 즉 '백 권의 책을 쓰고 만리길의 여행을 떠나라. 내가 창조한 운명과 데이트를 즐겨라'라고.

　나는 잠재의식과 관련된 여러 권의 책을 읽으면서, 잠재의식의 힘은 무한대이며, 이미 이룬 것처럼 상상하면 현실이 된다는 사실을 알게 되었다. '그렇다면 나도 할 수 있겠네? 지금 가진 게 없다고, 부자가 아니라고 좌절할 필요가 없겠네?'라고 생각하게 되었다. 지금껏 나는 나 자신을 한계지어 왔다. 지금이라도 이런 사실을 알게 되었으니, 내 삶에 적용할 일만 남았다.

　나는 책 쓰기라는 꿈을 내 현실로 이루고 싶었다. 그래서 독서 모임에 들어가, 책을 읽고 발표하는 식의 독서 토론을 두 달 동안 체험했다. 블로그를 개설해 나의 일상과 도서 리뷰 등을 글로 남겼다. 다음(Daum)이 진행한 브런치 작가에 도전해 60여 편의 글을 쓰기도 했다. 글쓰기를 하면서 내 안의 잠재의식이 발현되었고, 언젠가는 대작가가 되리라는 희망을 품게 되었다. 블로거들 댓글과 브런치 댓글을 통해 소통하면서 어느 정도 글쓰기에 대한 자신감도 생겼다.

나는 그동안 일과 양육을 책임져야 하는 가장으로서의 현실에 직면할 때마다 책을 읽으면서 마음을 가다듬어왔다. 이 세상에 존재함으로 인해 희로애락을 겪는 것이고, 고난도 기꺼이 마주하며 웃을 수 있다고 믿게 되었다. 책 쓰기로 나의 내면세계로 더욱 깊이 파고들어, 내재된 나의 능력을 수면 위로 끌어올려 보리라.

나는 밤마다 베스트셀러 작가가 된 후의 나의 모습을 상상하곤 한다. 사람들이 내 책을 사서 읽고 공감하고, 그들의 삶에 도움이 된다면 좋겠다고 생각해본다. 내가 책 읽기로 인해 변화되었듯이, 내 삶의 경험과 태도가 한 사람의 인생을 변화시킨다면 얼마나 뿌듯한 일인가? 내가 책을 통해서 영감을 받았듯이, 내 책이 누군가의 롤모델이 되어 영감을 주면 좋겠다. 내 개인적인 영화와 더불어 세상 사람들의 인생 라이프 코치가 되는 길이 바로 책 쓰기다.

나는 에밀 쿠에의 《자기암시》라는 책에 나온, '나는 날마다 모든 면에서 점점 더 좋아지고 있다'라는 구절을 아침마다 스무 번씩 중얼거린다. 나는 과거에 불현듯 찾아온 갱년기에 극심한 불면증과 우울증으로 고생하기도 했다. 하지만 자기암시로 몸과 마음을 다스렸고 이겨낼 수 있었다.

스티브 잡스(Steve Jobs)는 '현실왜곡장' 증세를 보인 것으로 유명하다. 이는 현실을 있는 그대로 보지 않는 것이다. 대신 자기 생각대로 밀어붙여서 당면한 현실의 과제와 어려움을 해결 가능하다고 믿는 증상이다. 시간이 없어서 글을 못 쓴다는 것은 핑계일 뿐이다. 생산적이라는 것은, 가장 중요한 일을 끝낸다는 뜻이다. 효율적이라는 것은, 최단 시간 내에 중요한 일을 끝낸다는 의미다.

이는 덜 중요한 일을 줄이고, 대신 글쓰기 시간을 우선순위로 확보해서 글을 써야 한다는 행동 지침을 나에게 부여해준다. 글쓰기 시간이 확보되지 않으면 진도가 나가지 않을 것이고, 내 글은 쌓이지 않는다. 마음속의 지껄임을 꺾고 써보자.

화가 나도 쓰고, 머릿속에서 논쟁할 때도 쓰고, 머릿속에서 큰소리로 하는 말도 쓰고, 죄책감을 느낄 때도 쓰고, 행복할 때도 쓰자. 나 대신 글을 써줄 마법 같은 것은 존재하지 않는다. 바로 이 순간을 기록하지 않으면 기회는 다시 오지 않는다. '머리가 아파. 쉬고 싶어'라는 마음속의 지껄임에 속지 말고 계속 쓰자. 마음속의 지껄임은 내가 아님을 이제는 아니까, 백 가지 생각보다 한 가지 행동을 하자.

나의 두 번째 버킷리스트는 내가 가고 싶은 곳으로 여행하며 사는 것이다. 《상실의 시대》로 유명한 무라카미 하루키(村上春樹)는 어느 날, 어디선가 울리는 북소리에 이끌려 모든 것들을 뒤로한 채, 유럽으로 훌쩍 여행을 떠났다. 그의 나라 일본을 떠나 그리스, 이탈리아, 북유럽을 오가며 3년이라는 시간을 살아간다.

그는 이 시간 동안의 여행 체험과 느낌을 《먼 북소리》라는 책에 담았다. 그는 이 책에서 "나는 소설을 쓰는 행위를 통해서 조금씩 생의 깊숙한 곳을 향해 내려간다"라고 말했다. 저자는 고향을 떠나 먼 타지에서 글을 쓰며 혼란스러운 자신의 생을 더 깊이 이해할 수 있었으리라 생각한다.

모든 것을 내려놓고 어딘가 떠나는 것은 엄청난 용기가 필요하다. 떠나간다고 해서 모든 게 해결되는 것은 아니다. 하지만 떠나고 싶을 때 떠나지 못해서 후회하는 것보다, 떠나 보는 게 낫다. 내 귀에도 먼 북소리가 울려 무작정 떠날 용기를 내보고 싶다.

나는 오래전 회사 동료들과 열흘 동안 캐나다 여행을 한 적이 있다. 떠나기 전부터 설렘과 기대로 인해 일에 제대로 집중하지 못했던 기억이 난다. 그렇다. 여행은 설렘이다. 또한, 미지의 세계에 대한 호기심이다. 나와는 다른 사람들, 문화, 생활을 체험하는 현장이다. 평소에 먹어보지 못했던 그 나라 고유의 음식을 먹어보고, 그 나라만의 독특한 주택에 살아보고, 역사적 유물과 문화를 생생하게 보고 듣고 맛보고 체험하고 느낄 수 있다.

괌 여행에서는 우리나라 제주도와는 달리, 개발되지 않은 자연 그대로의 야생 바다의 정취를 느낄 수 있었다. 섬사람 특유의 여유로움과 느긋함도 엿볼 수 있었다. 지진이 자주 일어나는 지역적 특성상 평소에 지진 대비훈련을 하는 모습도 보았다. 나는 그곳에서 현지인들과 대화하며 그들의 일상과 삶의 태도 등을 몸소 느낄 수 있었다.

나는 TV 홈쇼핑에 나오는 패키지여행은 그다지 선호하지 않는다. 한 장소를 정해 느긋하게 한 달살이 하는 것을 선호한다. 시간적 여유가 된다면 한 달 이상 살아보는 것도 좋을 것 같다. 예술과 문화의 도시 오스트리아에서 한 달살이를 해보고 싶다. 오스트리아 빈에서 골목마다 울려 퍼지는 클래식에 흠뻑 젖고, 색다른 커피 맛도 즐기고 싶다. 내가 좋아하는 구스타프 클림트(Gustav Klimt)의 '키스', '유디트'가 전시된 벨베데레 상궁에도 가보고 싶다. 〈비포 선라이즈〉라는 영화에 나오는 빈 국립 오페라 극장에 서면 어떤 기분일지도 궁금하다.

그릇이 큰 사람이 되기 위해서는 여러 나라를 가서, 다양한 사람을 만나고, 접해보는 게 중요하다. 세계적인 동기 부여가인 브라이언 트레이시(Brian Tracy)는 "어떤 누구도 당신보다 더 낫지 않고, 어떤 누구도 당신보다 더 똑똑하지 않다"라고 말했다. 그는 이어서 "만약 누군가가 어떤 분야에서 정상에 올랐다면, 당신도 그 분야에서 정상에 오를 수 있다는 것을 의미한다"라고 전했다. 내가 나를 믿지 않으면 누가 나를 믿겠는가?

《지도 밖으로 행군하라》의 한비야는 월드비전 소속 국제 구호 활동가로, '걸어서 세계 일주'라는 꿈을 실현했다. 7년간의 오지 여행 경험담을 담은 책《바람의 딸 걸어서 지구 세 바퀴 반》이후로도, 우리 땅과 중국기행문까지 써내는 열정을 보인다. 현재 그녀의 나이는 65살이다. 그녀는 그 나이에도 1년에 한 번씩 지구 반대편으로 날아가 어려운 이들을 돕고 싶다는 포부를 밝혔다.

나는 이제 50대의 중년에 접어들었다. 반평생을 살아오면서 숱한 사건들과 어려움을 겪고 이겨내며 삶의 지혜를 터득했다. 나는 어떤 일이 일어나도 조바심 내지 않고, 여러 각도로 사물을 꿰뚫어 볼 줄 아는 여유도 생겼다. 함부로 남을 판단하지 않고, 그 사람의 속사정을 파악하고 기다려주는 인내력도 생겼다. 남의 이야기에 신경 쓰지 않고 내가 하고 싶은 일을 결단하고, 앞으로 나아가는 추진력도 지니고 있다. 그러니 더 망설일 게 없지 않은가?

이제까지 자식들을 돌보며 살았으니 이제는 나를 돌보며 살고 싶다. 나에게 투자하며 멋진 인생을 살아가리라. 내가 잘 살고 행복한 삶을 사는 것이 자식들에게도 좋은 본보기가 될 것이라고 믿는다.

세상은 넓고, 볼 것도 많고, 할 것도 많다. 가슴 뛰는 오늘의 행보가 가슴 뛰는 내일을 만든다.

3 • • •

사랑에는 책임이 필요하다

무책임한 것은 사랑이 아니다

막내가 중학교 1학년 때 강아지를 입양했다. 막내는 강아지를 키우고 싶다고 했다. 나는 원래 사람 이외의 동물을 집에 들이고 싶은 마음이 전혀 없었다. 하지만 강아지를 키우다 보면 막내가 마음의 안정을 찾게 되리라 기대하고 입양하기로 마음먹었다. 애완견 분양센터에 막내를 데리고 가서, 마음에 드는 강아지를 직접 선택해보라고 했다. 이렇게 해서 나의 의지와는 전혀 상관없이 4개월짜리 강아지, 꼬물이를 집에 데려왔다.

나는 처음부터 강아지를 좋아하지 않았다. 나를 언제부터 안다고 꼬리를 살랑거리며 달려드는 게 부담스러웠다. 배변 훈련이 아직 되지 않아 집 안 곳곳에 오줌을 지리는 게 너무 싫었다. 각종 집 안 물건을 물어뜯고, 헤집어놓는 무법자 꼬물이를 보면 한숨이 나왔다. 배변 훈련을 하고, 대소변을 치우며, 밥을 챙기는 것은 온전히 내 몫이었다.

막내는 가끔 강아지와 놀아주고는 밖에 나가버렸다. 외출해서 들어오면, 쓰레기통 안의 쓰레기들이 바닥에 나뒹굴고, 화장실 안의 두루마리 휴지가 다 풀어헤쳐져 난장판이 되어 있기도 했다. 나는 에너자이저 강아지로 인해 극심한 스트레스를 받았다. 내 마음 같아서는 다른 집에 입양을 보내고 싶었다.

그러던 어느 날, 강아지가 없어졌다. 청소하느라 잠깐 문을 열어놓았는데, 그사이에 빠져나간 것이다. 나는 황급히 집 밖으로 나가 집 주변을 둘러보았다. 그동안 제대로 사랑해주지 못하고 혼내기만 했던 일들이 떠올라서 미안한 마음과 죄책감, 불안감 등에 휩싸였다.

딸들에게도 사실을 알렸다. 큰딸이 유기견 사이트에 강아지 사진을 올렸다. 몇 시간 후에, 그 사이트에서 비슷한 강아지를 발견하고 주변 애완견 병원에 맡겼다는 응답이 왔다.

두 딸은 무사히 강아지를 안고 왔다. 나는 너무나 반가운 나머지 집에 귀환한 강아지를 안고 울먹거렸다. 그리고 우리 집 가족의 구성원으로 인정하고, 애정을 주려고 노력했다. 그 후에도 강아지는 세 번이나 더 가출했다. 두 번은 영특하게도 알아서 집을 찾아왔고, 한 번은 어느 고마운 대학생이 밤새 데리고 있다가 아침에 동물병원에 맡겨주어서 무사히 데리고 올 수 있었다.

5살이 넘자, 강아지는 문을 열어도 더 이상 집을 나가지 않았다. 지금은 어느새 10살이 넘은 노견이 되었다. 기력이 없어져서 예전처럼 집을 헤집고 다니지도 않고, 산책할 때도 숨을 할딱거려 30분 이내로 산책을 마치고 집으로 돌아와야 한다. 사람으로 따지면 나보다 나이가 많은 어르신이다.

좋아하는 것과 사랑하는 것과의 차이는 바로 이런 것이다. 좋아하는 것에는 어떤 책임도 돌봄도 애틋함도 따르지 않는다. 지나가는 강아지가 귀여워서 한번 쓱 만지고 싶은 욕구는 그냥 좋아하는 감정이다. 아프면 걱정하고 돌봐주고, 내 눈에 없으면 궁금해하고 그리워하는 게 바로 사랑이다.

사랑에는 책임이 따른다. 강아지가 두 번째 가출을 감행했을 때였다. 우리 가족들은 유기견 센터에 사진을 올려봐도 연락이 없어서, 강아지 사진과 강아지를 찾는 전단을 만들어 주변에 붙이러 다녔다. 그런데 반나절쯤 지나자 기적처럼 강아지가 집을 찾아왔다. 밖에 나다니다 배고파서 뭘 주워 먹었는지 얼굴이며 몸에 땟국물이 가득 묻은 거지 몰골을 하고 나타났다.

강아지를 깨끗이 씻기고, 사료를 주어 안정을 시켰다. 그런데 며칠 지나자 배가 점점 부풀어 올랐다. 이상하다 싶어서 인근 병원에 데리고 갔는데, 세균 감염이 되어 장기가 손상되었으니 큰 병원에 데리고 가서 당장 수술해야 한다고 말했다. 막내도 걱정되었는지 병원에 나와 동행했다. 병원 의사가 진찰해보더니 당장 수술하지 않으면 생명이 위태롭다고 했다.

그런데 수술비가 생각보다 너무 많이 나왔다. 200만 원이 넘는 액수였다. 막내는 내가 망설이는 눈빛을 보이자 "엄마, 강아지는 우리 가족이잖아. 수술비가 많이 나와도 당연히 수술해야지"하고 일침을 가했다. 나는 그제야 강아지에 대한 딸의 애틋한 마음을 깨닫고 수술해주기로 결심했다.

그리고 강아지는 수술 후 안정을 찾고 퇴원했다. 붕대를 감은 강아지를 집에 혼자 두기가 걱정되어 나는 학원에 강아지를 데리고 갔다. 학부모님들이 혹시 이 문제로 항의하면 어쩌나 걱정스럽긴 했다.

나는 아직 회복하지 못한 강아지를 내 사무실 안쪽에 데려다 놓고, 영어 수업을 진행했다. 그런데 수업 중에 학생들이 자꾸 어디서 개 소리가 난다고 말하는 것이었다. 나는 처음에는 아이들의 말을 무시하다가 결국 강아지를 꺼내와서 애들 앞에 보여주었다. 아파서 수술했는데, 집에 돌봐줄 사람이 없어서 어쩔 수 없이 데려왔다고 설명했다. 학생들은 배에 붕대를 감고 머리에 고깔 모양의 보호 마개를 한 강아지를 보더니 불쌍하다고 한 번씩 쓰다듬어주었다.

한 생명을 돌보는 데는 이렇게 큰 책임이 따른다. 반려견이라는 말 안에는 반려자라는 어감처럼 나와 평생 함께한다는 뜻이 담겨 있다. 생명 존중이라는 차원을 넘어 인생의 희로애락을 함께 나누고, 절대적인 사랑을 베풀어야 한다는 의미다.

귀엽고 사랑스러운 어린 시기가 지나고 노화로 인해 질병이 찾아오면 반려견을 유기해버리는 일들이 많이 있다. 나는 이런 사람들이 반려견에게 감히 사랑이라는 이름을 붙이지 말았으면 한다. 사랑한다고 면죄부가 주어지는 것은 아니다. 일단 입양했으면 끝까지 책임지는 게 사랑이다.

그렇다고 희생에 대한 대가를 바라지 말 것

요즘은 희생이라는 단어가 어울리지 않은 시대가 되었다. 우리 부모 시대는 자식에 대한 조건 없는 희생이 당연시되던 때였다. 나는 한때, 아이들을 혼자 키우면서 내가 희생한 것들에 대해 한풀이를 해댄 적이 있다. 50대 초반 갱년기가 되면서 불면증이 생기고 몸 여기저기가 고장 나면서, 감정 조절이 제대로 되지 않았다. 15년이 넘는 기간 동안, 결혼도 하지 않고 애들만 돌보다 늙어버린 나 자신이 한스러웠다.

애들이 20살이 넘자, 내 자리가 사라진 것처럼 보여 공허함이 몰려왔다. 아이들에게 더는 나의 돌봄이 필요하지 않았다. 일하고 집에 들어와도 반겨주는 이 하나 없고, 덩그러니 혼자 앉아 밥을 먹는 일이 잦았다. 주말에도 애들은 친구들이랑 놀러 나가버리고, 나 혼자 집에 남겨졌다. '내가 어떻게 자기들을 키웠는데'라는 자격지심으로 나는 마음이 힘들고 외로웠다.

나는 50살이 되고, 두 아이가 20살이 넘으면 내 책임에서 벗어날 줄 알았다. 그런데 여전히 집안일은 내 몫이고, 가장이라는 무거운 짐도 내 몫이었다. 게다가 아이들이 나의 전적인 희생을 알아주지 않는 것에 대해 서운한 정도를 지나 억울했다.

그러나 나는 어느 순간, 이런 모든 억울한 감정들이 내가 일방적으로 행한 조건부 사랑이었다는 것을 깨달았다. 내가 여태껏 잘 키워주었으니, 대가를 바라는 조건부 사랑 말이다.

"너희들 때문에 여태 내가 희생을 감내했다"라는 말을 뱉는 순간, 아이들은 그 희생에 감사하는 마음보다 내 희생에 대한 죄책감을 느끼고, 나의 희생에 빚을 진 채무자로 전락해버린다. 그들은 내게 희생을 강요하지 않았다. 내가 원해서 그렇게 한 것이다. 내가 안 쓰고, 절약해서 아이들을 먹이고 입히고 키우는 과정 그 자체로 나는 충분히 행복했다. 커가는 과정을 옆에서 지켜보는 것만으로도 나는 이미 보상을 받은 것이다.

만약에 내가 희생했다는 이유로 자녀들에게 대가나 권력을 행사한다면, 그것은 희생이 아니라 권력 행사이며 권력 남용이다. 보이지 않는 폭력이기도 하다. 차라리 하지 않는 게 낫다. 자녀를 위한 희생을 되돌려받지 못하는 빚으로 생각하고, 실패의 원인으로 생각한다면 본인에게도, 자식에게도 정말 비극이다.

나의 희생과 사랑에도 불구하고, 내가 원하는 결과가 나오지 않더라도 절대 실패자라고 자책하면 안 된다. 부모로서 최선을 다했고, 내가 그 과정에서 행복과 보람을 느꼈다면 그것으로 만족해야 한다. 그 모든 과정 하나하나가 자식에 대한 사랑이었다고 스스로 인정해주어야 한다.

　아이들이 혹시 어긋난 길로 가더라도, 간혹 나의 희망에서 벗어나는 행동을 하더라도 변함없는 지지와 사랑을 해주는 게 부모의 몫이 아닐까 생각해본다.

　우리 부모님은 그런 사랑을 내게 주셨다. 부모님은 내게 아낌없이 주는 나무였다. 나는 그 나무에서 열매를 따 먹고, 그늘에서 쉼을 얻었다. 50살이 넘은 나이에도 친정에 가면 아무런 대가도 지불하지 않고, 편하게 먹고 자고 지내다 돌아온다. 친정은 나의 고향이고 쉼터다. 예전에는 엄마가 내게 해주시던 밥을 이제는 엄마가 아프셔서 내가 차려드리고 돌봐주는 것으로 바뀌었을 뿐이다.

　우리가 겪었던 희생과 사랑을 아이들이 갚아야 할 의무로 남기는 일은 없어야 한다. 자식들을 위해 흘린 피눈물에 대한 한풀이가 나의 의도와는 다르게 학대이고, 폭력이 될 수 있다는 점을 인지하자. 내가 사랑하는 자녀들에게 죄책감을 느끼게 하지 말자.

4 • • •

긍정을 키우는 방법

올해 나의 키워드 정하기

2023년 1월 1일에 나는 나의 키워드를 정했다. 그것은 바로 '긍정'이다. 삶이 겉으로 보기에는 나아지지 않게 보일지라도 모든 것들에 긍정의 씨를 심어보기로 했다. 내가 삶을 대하는 태도에 따라 얼마든지 진흙 속에서 피어나는 연꽃이 될 수 있으리라 믿는다.

존 고든(Jon Gordon)은 《인생 단어》에서 이렇게 말한다.
"삶이 쉬워서 긍정적으로 사는 게 아니라 삶이 어렵기 때문에 긍정적으로 사는 것이다."
생각해보면, 태어나서 지금껏 삶이 내 마음대로 쉽게 흘러간 적은 별로 없었던 것 같다. 하지만 그 어려운 상황 속에서도 실낱같은 한 줄기 희망의 요소를 볼 줄 아는 힘, 그것이 바로 긍정의 힘이다.

코로나 시절, 정부의 거리두기 정책으로 거의 한 달 가까이 학원 문을 닫고, 나 홀로 학원을 지켜야 했던 시절이 있었다. 수업이 없었는데도 월세와 관리비, 공공요금 등의 유지비용을 고스란히 감당해야만 했다. 3월에 신입생이 들어와야 1년 동안 먹고사는데, 코로나 정책으로 신입생이 들어올 시기를 놓쳐버리니, 1년 내내 힘든 시기를 보냈다.

한 집안의 가장으로서, 어떻게 살아야 할지 막막하기만 하고, 한숨만 나왔다. 그때 나를 구원해준 것은 바로 '줌'이라는 강의 시스템이었다. 아이들이 학원에 나오지 않아도, 온라인 학습이라는 매개체를 통해서 아이들과 수업할 수 있었다. 물론 대면 수업만을 고집하거나 온라인 수업 여건이 되지 않는 몇몇 학부모인 경우는 어쩔 수 없었지만, 대부분의 학생은 줌 강의를 통해서 어느 정도 수업이 이루어졌다.

그리고 나는 불안한 내 마음을 잡기 위해 마스크에 그림을 그리기 시작했다. 내가 좋아하는 무언가에 몰두하면 불안한 마음이 사라질 것이라는 막연한 기대에서 시작했다. 마스크에 그림을 그리고, 색을 입혀 나만의 마스크를 만들었다.

학생들은 세상에 하나밖에 없는 마스크를 선물 받고 너무나 좋아했다. 나는 코로나가 내 삶을 잠식해버린 그 순간에, 한 줄기의 빛을 발견했다. 어려움 가운데서도 한 줄기의 빛을 찾아내는 힘이 바로 긍정의 힘이 아니고 무엇이겠는가? 어둠에서 탈출할 나만의 놀이를 찾아낸 것이다. 나는 스스로 내가 마스크 아티스트라고 정의하고, 아이들에게 좋아하는 캐릭터나 동물, 꽃 등을 그려서 선물로 주었다.

집에서는 1일 1드로잉이라는 목표를 설정해서, 하루에 그림 하나씩 그렸다. 나는 어렸을 때부터 노트에, 책상에, 휴지에 펜 하나로 그림 그리기를 좋아했다. 그림을 잘 그리려면 사물에 대한 관찰을 세밀하게 해야만 한다. 그림 그릴 대상을 보고, 특징과 표정을 잘 캐치해서 손목의 스냅을 이용해 데생부터 하면 된다. 그림을 그리면 그림에 몰두하게 되고, 몰두하면 잡생각이 없어진다.

나를 갉아먹는 기생충 같은 부정적인 생각을 몰아내는 데에는 그림 그리기만 한 게 없다. 그리고 나의 일기장에 내 마음을 담는 글을 썼다. 그림과 글에는 묘하게 공통점이 있다. 삶을 관찰하는 힘이 있다. 그리고 내 머리에 있는 부정적인 잡생각들을 글과 그림에 투사하면, 어느새 부정적인 생각들이 사라져버린다.

그림을 그리고 글을 쓰다 보면 마음의 찌꺼기와 앙금들이 걸러져 카타르시스를 경험하게 된다. 긍정의 아이콘 작가인 존 고든의 말처럼, 삶이 쉬워서 긍정적으로 사는 게 아니라, 삶이 어렵기 때문에 긍정적으로 살아야 한다.

고등학교 시절, 미술 선생님이 내게 전도 미술 그리기 대회에 보낼 그림을 준비해보라고 하셨다. 그 당시에는 지금처럼 핸드폰이 보급되지 않은 시절이어서, 풍경화를 그리려면 현장에 직접 나가 풍경을 보면서 스케치를 해야 했다. 나는 혼자 버스를 타고 가서 시골 마을에 있는 초가집을 그리기로 마음먹었다. 마을 곳곳을 다니면서 마음에 드는 구도를 잡아 연필로 스케치를 했다. 내 초가집 그림은 전도 미술 그리기 대회에서 입선이라는 상을 받았다.

집안 사정이 좋지 않아 미술학원에 다니는 것은 꿈조차 꾸지 못했다. 그냥 학교 미술실에 남아서, 혼자 데생 연습을 하는 수밖에 없었다. 하지만 입시생들이 학원에서 배우는 데생을 혼자 연마하는 것은 쉽지 않았다. 결국 나는 부모님이 원하는 영어영문학과에 진학했다.

나는 그림에 대한 꿈을 포기하지 못하고, 그림 동아리에 가입했다. 그림 동아리에서는 아마추어 실력의 사람들이 모여 1년에 두 번 전시회를 열기도 했다. 전시회가 열리기 한 달 전부터 우리는 동아리 사무실에서 전시회에 전시할 그림 작업을 했다. 나는 다른 사람들이 작업을 하든, 말든 수업을 마치면 바로 동아리 사무실에 가서 열심히 그림을 그렸다. 물론 생각대로 잘 그려지지 않으면 동아리 친구들과 술을 마시러 가는 날도 있었다.

사람은 하고 싶은 것을 할 때 피곤을 모르고 몰두하게 된다. 시간이라는 개념을 잊어버린 채 꼬박 날을 새기도 한다. 나는 공부하면서 날을 새본 기억이 별로 없다. 물론 학기시험 전에는 시험이라는 제도에 의해 어쩔 수 없이 원치 않는 시험공부를 한 적은 있다. 하지만 그림을 그리거나 글을 쓰는 작업은 내가 좋아서 하는 거라, 밤을 새워도 피곤한 줄 모른다.

우리의 뇌는 그렇게 설계되어 있다. 내가 원하는 꿈을 위해 달려갈 때는 몸이 힘들고 고통스러워도 기꺼이 감내한다.

좋아하는 일을 하면 고통 속에서도 긍정의 마인드를 마음속에 끝없이 주입하면서 에너지를 얻는다. 목표를 정하고 그 목표를 향해서 가는 길은 누구에게나 힘들고 어렵다. 그래서 우리는 그 고통을 이겨내고 살아내기 위해서 긍정의 힘이 필요한 것이다. 행복해서 긍정의 마음이 생기는 게 아니다. 나도 인간이기 때문에 때로는 일상에서 벗어나 멀리 도망치고 싶을 때가 있다. 하지만 도망친다고 내가 할 일을 대신해줄 사람은 아무도 없다. 오늘 하루 나를 대신해서 살아줄 사람은 아무도 없다.

두려움을 이겨내기 위해서는 신속한 결정과 함께 행동으로 옮기는 수밖에 없다. '나는 운이 나쁘다', '나는 머리가 안 좋다', '나는 체력이 약하다'라는 말로 자신에 대해 한계를 짓고 아무런 행동도 하지 않는다면, 아무런 결과도 일어나지 않는다. 해보지도 않고 내 잠재력이 어디까지인지 아는 사람은 아무도 없다. 체력이든 머리든 운이든 내가 시험해보지 않으면 모르는 것이다.

모든 일의 출발점은 '내일'이나 '조금 이따가'가 아닌 '지금 바로 이 순간'이다. 먼저 행동하고 나중에 계획하며 부족한 것을 채워나가도 된다. 하다가 중단하더라도 그 중단은 결코 실패가 아니다. 이미 중간까지의 경험치가 생겼으니, 그 경험치를 바탕으로 다음 스텝을 밟아나가면 된다.

성공에 이르는 길은 딱 한 가지밖에 없다. 될 때까지 하는 것이다. 어린아이들은 걷게 되기까지 수없이 넘어지고 엎어지는 과정을 겪는다. 어른이 되어가면서 우리는 어린아이 때 수천 번, 수만 번 넘어지면서 걸음마를 배웠다는 사실을 자꾸만 잊어버린다. 우리 인간의 유전자는 결국 해내는 유전자임을 잊지 말자.

5 ● ● ● ●

흐림 뒤에는 반드시
맑음이 있다

흐림만 계속되는 인생은 없다

나는 7년 동안 영어 학원을 운영했다. 학원 운영은 굉장한 감정노동이다. 아이들을 잘 가르쳐서 실력을 올리는 일이 전부가 아니다. 요즘 아이들은 공부를 너무 빡빡하게 시키면 튕겨나간다. 어떤 학생은 평소보다 공부를 10분 더 오래 했다는 이유로, 그날 바로 학원을 그만두기도 했다. 그러므로 선생님이자 원장으로서 아이들 감정 하나하나까지 세심하게 돌봐주어야 한다.

몇몇 아이들은 수업 시간에 대놓고 방해 작전을 펼치기도 한다. 큰소리로 떠드는 것은 기본이고, 옆자리 학생이 공부를 못 하도록 학용품이나 책을 밖에다 몰래 내다 버리는 일도 있다. 이런 아이들을 대놓고 다른 애들 앞에서 혼내면 안 된다. 나중에 따로 불러서 조용조용 타일러야 한다. 내 속이 좋아서, 내가 참을성이 많아서, 내가 원래 천사 같은 성격의 소유자여서 그러는 게 아니다.

이 아이들이 집에 가서 내가 무심코 던진 말 한마디에 더 보태고, 앞뒤 상황 설명 없이 선생님이 혼낸 그 일만 부풀려 엄마에게 이를 게 뻔하기 때문이다. 엄마들을 상대하는 것은 더 힘든 일이다. 아이들의 능력은 고려하지 않고, 단기간에 좋은 결과를 원하는 부모님을 상대하는 데는 많은 인내가 필요하다.

아이의 일거수일투족을 감시의 레이더망 안에 넣고, 아이를 질식시키는 부모님도 있다. 아이를 데리러 오고 데려가며, 그날 배운 것을 꼬치꼬치 캐묻는다. 거기에 아이가 제대로 대답하지 못하면 나한테 전화해서 따지는 부모도 있다. 사력을 다해 아이의 실력을 올려주고 나면, 그동안 수고했다면서 더 큰 학원으로 옮겨버리는 사례 또한 비일비재하다.

물론 좋은 학부모, 학생들이 더 많다. 아이들은 주로 먹는 것으로 고마움을 표현한다. 사탕이나 젤리를 들고 와서 무심한 듯 툭 건네준다. 수업이 없는 날에도 지나가다 들렀다며 떡볶이를 사다 주는 애들도 있다. 몇몇 학부모들은 더운 여름이면 아이스크림을 반 아이들 수에 맞춰서 사다 주시곤 한다.

학교 시험에 대비하는 주말 수업 때는 감사하다고 아이들 편에 빵과 간식거리를 챙겨주시기도 한다. '세상이 아직 살 만하구나' 생각이 들 정도로 감동을 주며, 선생님으로서 보람을 느끼게 하는 일도 종종 있다.

어느 날, 우리 학원 원생인 천사가 대뜸 나를 위해 피아노 연주를 해주고 싶다고 했다. 악보 볼 줄도 모르는 애가 6개월 동안 스마트폰 앱을 따라 하며 연습했다고 한다. 여기서 천사는 학원 아이들이 그 학생에게 붙여준 별명이다. 평소 예의가 바르고 나를 잘 따르던 학생이었다.

나는 우리 학원 바로 앞에 있는 피아노 학원에 가서 잠깐 피아노를 사용하도록 해달라고 양해를 구했다. 그 아이는 처음부터 끝까지 악보를 완전히 외운 것 같았다. 중학교 2학년 천사의 피아노 소리는 세상 어떤 소리보다 아름답게 들렸다. 그 피아노 소리는 말썽꾸러기 괴물 같은 중학교 2학년 애들만 상대해오던 내게 한 줄기 빛과 같은 선물이 되어주었다.

그 당시 나는 갱년기로 인한 불면증으로 몸이 쇠약해질 대로 쇠약해진 상태였다. 하지만 그 학생의 연주는 남극의 얼음처럼 차디차게 굳어 있던 내 마음을 따스하게 녹여주었다. 나는 열 가지 힘든 상황에서도 한 가지 희망을 바라보며 살아야 하는 이유를 깨달았다.

우리 학원 앞에는 태권도 학원, 피아노 학원, 미용실, 세탁소가 있다. 몇 년 동안 같은 공간에서 지내다 보니, 가족보다 더 친하게 느껴질 때가 있다. 나는 특히 미용실 원장님과 코드가 잘 맞는다. 나는 우리 학원 건물에 미용실이 처음 들어선 날, 밝고 쾌활한 원장님 목소리가 마음에 들었다.

나는 곱슬머리인 데다 숱이 많아 정기적인 관리가 필요하기에 몇 개월에 한 번 볼륨매직을 하고, 숱을 치고, 머리카락에 영양을 공급하는 관리를 받았다. 특히 볼륨매직 파마는 시작하면 끝날 때까지 보통 3~4시간은 소요된다. 이상하게도 나는 그 시간에 가족들에게도 하지 못하는 마음속 이야기를 그 원장님에게 털어놓았다. 그 원장님 또한 내게 자신의 힘든 가족사를 이야기해주었다. 우리는 그렇게 서로의 비밀을 공유하며 이웃사촌을 넘어 언니, 동생처럼 지냈다.

나는 미용실 동생의 친정엄마와도 친하게 지냈다. 지방에 계신 엄마가 생각나서 먹을 것도 사다 드리고, 그분의 고단했던 삶 이야기도 들어주었다. 할머니는 그런 나를 딸처럼 살갑게 대해주셨다. 시골에서 직접 농사지은 채소들을 나눠주시기도 하고, 동짓날에는 팥죽을 쑤어 가져다주시기도 했다.

코로나가 닥쳤을 때는 미용실이나 태권도 학원, 피아노 학원, 세탁소 모두 생계에 어려움을 겪었다. 정부에서 코로나 지원금을 보조해주긴 했지만, 사업장을 유지하기에는 턱없이 부족했다. 서로의 힘든 사정을 잘 알기에 우리는 희망의 메시지를 카카오톡으로 주고받으며 그 시기를 버텨냈다. 세탁소 사장님은 상가 건물 옥상에 상추, 오이, 깻잎 등을 키우고 수확해 우리에게 제공해주었다.

어느 날, 미용실 원장님이 학원 문을 열더니 봉투를 내밀었다. 미용실 원장님 자녀인 두 형제 원비를 미리 내나 보다 생각하고 무심결에 받아보니, 코로나를 함께 이겨내자는 응원의 메시지와 함께 5만 원권 지폐가 들어 있었다. 그 순간, 그 돈이 5만 원이 아닌 500만 원보다 더 크게 느껴졌다. 나만 겪는 코로나도 아닌데, 본인도 똑같이 어려움을 겪고 있는데…, 그 마음 씀씀이가 너무나 고마웠다.

흐림 뒤에는 반드시 맑음이 있다. 흐린 날씨만 계속되리라 생각하면서 살아가는 사람은 없다. 우리 삶에도 절망과 고통만 계속되라는 법은 없다. 절망적인 상황 속에서도 긍정과 희망의 목소리에 귀 기울이며 살다 보면 어느새 절망은 저 멀리 사라져버린다.

흐림 뒤에는 반드시 맑음이 있다

"마법의 성을 지나 늪을 건너, 어둠의 동굴 속 멀리 그대가 보여. 이제 나의 손을 잡아 보아요. 우리의 꿈이 떠오르는 것을 느끼죠."

〈마법의 성〉이라는 노래의 가사다. 그런데 7살짜리 꼬맹이가 이 노래를 노래방에서 완벽히 소화한다면 믿겠는가? 그냥 부르는 게 아니라 마이크에 대고 음절, 박자 하나 안 틀리며 고음까지 생목으로 다 소화한다면 받아들일 수 있겠는가?

우리 큰딸이 그랬다. 당시 회사 팀장이었던 나는 회식 자리에 아이들을 데리고 다녔다. 회식 3차는 노래방에 가는 게 정해진 코스였는데, 큰딸은 노래방 스타였다. 마이크를 한번 잡으면 놓을 줄을 몰랐다. 원조 가수 뺨치게 잘 불렀다. 노래방 주인이 감탄해서 노래를 더 부르라고 시간을 더 넣어줄 정도였다.

어릴 때 울음소리가 그렇게 우렁차더니, 이미 아기 때 득음했나 보다. 온종일 꺼이꺼이 울다 지쳐 나중에는 목이 다 쉬고, 눈물 속 소금기가 머리칼에 달라붙어 짠내가 날 정도였다. 매미처럼 착 달라붙어 나와 한 몸이 되면, 조금만 떨구어내려고 해도 빽빽 울어대며 발악했다. 심지어 화장실 볼일을 볼 때도 안고 있어야 했다.

아이가 3살이었을 무렵, 아이를 데리고 야외 음악회를 간 적이 있었다. 아이는 야외 음악회에서 들은 노래를 집에서 그대로 불러 내 귀를 의심하게 했다. 발음이 어눌해서 노래 가사는 잘 들리지 않았지만, 그당시 유행하던 노래를 한 번 듣고 그대로 따라 하다니! 음악 천재 아닌가 하고 내심 기대를 품기도 했다. 중학교 시절에는 방과 후 활동으로 기타를 배워와서 집에서 늘 기타를 치며 대중가요를 부르곤 했다.

큰딸의 고등학교 시절, 남학생 두 명과 한데 묶어 영어 그룹 과외를 할 때였다. 엄마인 나에게서 과외받는 게 부담스러웠는지, 큰딸은 한두 번 빠지더니 나중에는 연락을 두절하고 수업에 나타나지 않았다. 수학 학원에서도 결석했다고 전화가 왔다. 믿었던 큰아이에 대한 기대치가 무너져 내렸다.

나중에야 알았다. 이 얌전한 아이가 노래하는 친구들과 밴드를 결성해서 학교 야간 자율 학습도 빼먹고 노래를 부르러 다녔다는 사실을. 나한테 혼날까 봐 몰래 행동하다 보니 연락이 두절된 것이었다. 처음이 사실을 알았을 때는, 믿는 도끼에 발등 찍힌 격에 화도 나고 내심 속상했다.

그러다 아이를 인정하고 받아들이게 된 사건이 있었다. 두 딸과 함께 어릴 때 이후로 처음 노래방에 갔다. 어릴 때처럼 일어나서 폼을 잡고 부르지는 않았지만, 자리에 앉아 눈을 감고 감정 몰입하며 열창하는데, 엄마인 나도 반하고 말았다. 순간 마음속에 '이 아이는 음악을 해야겠구나. 노래를 하기 위해 태어났네' 하는 깨달음이 흘러넘쳤다. 하지만 나는 그 마음을 겉으로 드러내지는 않았다. 그런 말을 하면 아예 공부를 놓아버릴 것 같아서였다.

고등학교 3학년이 되어서도 아이가 공부에 취미를 붙이지 못하고 방황하는 게 보였다. 그렇다고 고등학교 3학년 그 시점에 예체능 쪽으로 입시 방향을 틀기에는 너무 늦었다는 생각이 들었다. 솔직히 말하면, 그 당시 나는 사고뭉치 막내의 뒷수습을 다니느라 심신이 다 지쳐서 큰딸한테 신경을 쓰지 못했다.

나는 방황하는 큰딸을 보며 결단했다. 노래방에서 이미 확인한 후였다. 큰딸이 가장 빛나고 자신감이 넘쳐 보이는 순간은 바로, 노래 부를 때라는 것을 말이다. 그동안 애써 외면하고 모르는 척해왔던 내가 큰딸에게 보컬 공부를 해보라고 이야기했다. 큰딸은 울음을 참으며 어깨를 들썩였다.

"네가 좋아하는 것을 해. 그동안 싫은 공부 억지로 하느라 얼마나 힘들었니? 동생 때문에 신경 못 써서 미안해."

"아니야, 엄마가 혼자 우리 키우느라 힘들잖아."

아이와 나는 그렇게 마주 보고 서로 더 미안하다며 등을 토닥였다.

큰딸은 겨우 4개월간 학원에 다니며 연습하더니 당당히 음대에 합격했다. 때때로 어두운 구름처럼 막연해 보이는 것들이 밝은 햇살을 예고해주는 전조 현상임을 잊지 말자.

나에 대해
제대로 아는 방법

나에 대해 무작정 써보기

나는 4년 전, 나에 대해서 얼마나 많이 알고 있는지 글로 써본 적이 있었다. 그 당시 내가 참가하고 있었던 독서 모임에서 진행했던 '나 알기 프로젝트'의 일환이었다. 어린 시절부터 현재의 나에 이르기까지 나의 일대기를 써 내려갔다. 가장 성취감을 많이 느꼈던 적이 언제였는지, 가장 행복한 때가 언제였는지, 그리고 왜 그렇게 느꼈는지 알아보는 시간을 가졌다.

그때 내가 가졌던 나에 대한 느낌이 선명하지는 않지만, 내가 살아왔던 역사를 되돌아보는 계기가 되었던 것은 분명하다. 나는 오늘 나에 대해 구체적으로 알아보기 위해서 다시 펜을 들었다. 어릴 적의 나는 주변의 시선을 의식해 내가 하고 싶은 말과 행동보다는 타인의 기분에 맞춰주는 말과 행동을 하려고 애썼다.

어떻게 하면 주변 사람들에게 내가 좀 더 있어 보이는지, 좀 더 잘나 보이는지, 좀 더 예뻐 보이는지 의식하며 살았다. 남이 나에 대해 규정지어주는 것에 익숙한 삶을 살았다. TV 속의 연예인들이 입는 옷, 헤어 스타일, 메이크업을 무작정 신봉했다. 그럴수록 나라는 사람은 점점 파묻히고 희미해져갔다. 내가 좋아하는 삶보다는 남이 좋아하는 기준에 맞춰 살다 보니 나답게 사는 삶과는 점점 멀어져갔다.

나는 분명히 나로 존재하는데, 나는 없고 타인만 남은 삶이 재미있고 즐거울 리가 없다. 껍데기만 있고 알맹이가 없는 속 빈 강정처럼 여기저기 굴러다니다 인생을 끝내고 싶지는 않다. 그래서 다시 '나 알기 프로젝트'를 진행해보기로 했다. 이번에는 성취감과 행복감을 느끼는 나에 초점을 맞추는 게 아니라, 그냥 현미경으로 사물을 들여다보듯이 있는 그대로의 나를 살펴보기로 했다.

'나는 성격이 예민하다. 나는 나를 다그치는 성향이 있다. 논리보다는 감성을 중요하게 여긴다.' 성격이 예민하니, 위와 장도 예민하다. 그러니 과식하거나, 소화가 잘 안 되는 고기류는 피한다. 예전에는 나의 예민함을 인정하지 않았다. 당시 나는 친정에 가면, 비쩍 마른 내가 안쓰럽다고 고기를 먹으라는 이야기에 꾸역꾸역 먹었다. 그래서 친정만 가면 변비로 고생했다. 지금은 내 몸에 맞게 알아서 먹는다.

나의 예민한 성격은 상대의 말을 경청하도록 한다. 혹시나 상대방이 하는 말을 놓쳐서 말실수로 이어지지 않을까 하면서 주의 깊게 듣는다. 이런 나의 자세가 상대방에게 믿음을 준다. 때로는 예민함이 까칠함으로 보여질 때도 있지만, 어쩌겠는가? 나의 타고난 품성이니, 이런 나를 포용해주는 것도 나다.

내가 나를 다그치는 성향도 나의 일부이니 이런 나를 인정해주기로 했다. 나를 다그치는 성격은 어떤 일을 성취할 때, 목표를 세워 포기하지 않고 전진하게 하는 힘이 된다. 단점으로 보이는 성격을 역으로 이용해보면 장점이 된다.

나는 논리보다는 감성을 중요하게 생각한다. 즉, 머리보다는 가슴의 말을 따르는 편이다. 머리로는 이해되어도 가슴으로 이해되지 않으면 행동하지 않는 편이다. 대신, 내가 좋아하는 일에는 몰두하고 그만큼 성과를 내는 편이다. 사람을 만날 때도 지식과 논리만 앞세워 내 감정을 무시하는 느낌이 들면, 조용히 듣기만 하고, 대꾸도 안 하고 자리를 피해버린다.

'혼자 있는 시간이 지루할 틈이 없다.' 나는 혼자 있어도, 시간을 잘 보낸다. 요즘에는 혼자 있어도 외롭거나 지루하다고 느껴본 적이 거의 없는 것 같다. 책 쓰기를 하면서, 내가 몰랐던 나의 모습을 발견해가는 중이다.

나는 약속 시간을 잘 지킨다. 시간 약속은 물론이고, 내가 입 밖으로 내뱉는 말들은 최대한 지키려고 한다. 남과의 약속을 잘 지키는 것은 익숙해졌으니, 이제는 나와의 약속을 잘 지키는 데 익숙해지려고 한다. 내가 꿈꾸고 소망하는 것들을 이루어내는 것은 나와의 약속이다. 내가 나에게 선언한 꿈과 목표를 이루어내는 것에 소홀하고, 지키지 않는다면 나는 나와의 약속을 지키지 않는 것이다. 나는 나 자신에게 실없는 사람으로 낙인찍히는 것을 원치 않는다.

나는 추운 겨울보다는 더운 여름을 선호한다. 추운 겨울에는 겨울잠을 자는 곰이나 뱀처럼 아무것도 하지 않고 동면하고 싶을 정도다. 온도 변화에 민감해 한여름에도 에어컨을 오래 틀고 있으면, 몸이 오싹해지고 동태가 되어버리는 느낌이 든다. '내 몸은 의사가 아니라 내가 지킨다'라는 생각으로 내 몸을 건강하게 유지하기 위해 건강과 운동에 관한 책을 엄청나게 읽었다. 덕분에 우리 몸이 스스로 에너지를 만들고 열을 낼 수 있다는 사실을 알고, 실천해가는 중이다.

나는 자기관리를 제대로 하지 못하는 사람을 좋아하지 않는다. 아무리 경제력과 사회적 지위가 좋아도 배가 나온 사람에게는 끌리지 않는다. 자신을 돌보지 않는 사람은 다른 사람을 돌보는 데도 소홀하다. 또한 자기 말만 하고, 목소리를 크게 내는 사람보다는 차분하고 말을 아낄 줄 아는 사람을 선호한다. 자기 말만 하는 사람들은 자기 과장과 포장을 잘한다.

'나는 잔소리를 싫어한다.' 내가 하는 생각이나 행동을 지적질당하는 것을 좋아하는 사람은 별로 없을 것이다. 잔소리의 폐해를 너무나 잘 알고 있기에, 어느 순간부터 나는 집에서도 잔소리를 거의 하지 않는다. 잔소리 대신 부탁을 하는 편이다.

나는 나의 단점에 대해서도 세밀하게 적어보았다.

'인간관계에 대해 신경을 많이 쓴다. 남에게 미움받을 용기가 부족하다. 갑자기 욱하는 성격이 나올 때가 있다.'

막상 글로 적고 나니, 이런 성격이 그다지 큰 단점으로 보이지 않는다. 인간관계에 대해 신경을 쓴다는 것은, 바꿔 말하면, 다른 사람을 함부로 대하지 않고 예의를 지킨다는 의미이기도 하다. 남에게 미움받을 용기가 부족하다는 것은, 함부로 선을 넘지 않고 거리를 지킬 줄 안다는 게 아닐까?

욱하는 성격도 이렇게 적고 나니, 욱하지 않기 위해 어떤 노력을 기울일 것인지에 대한 해결점까지 글로 적게 된다. 제삼자의 입장에서 나의 감정을 관찰하고 기록하다 보면, 순간적인 감정의 변화를 알아차리고 그 감정에서 벗어나게 된다. 나는 내 감정을 객관화하는 연습을 통해 욱하는 빈도가 줄었다. 나의 에고(ego)를 내려놓고 나면 마음도 차분해지고 편안해진다.

타인에 휘둘리지 않고 잘 살려면 자기 자신을 잘 알아야 한다. 나로 살아내려면 나를 마주하고 바라보며, 단점까지도 수용하고 껴안아야 한다. 때때로 올라오는 불안의 원인을 알고 해결하려면, 병원에 가서 처방을 받을 게 아니라 불안의 원인을 스스로 알아내고 분석해서 스스로 처방을 내려야 한다.

자신을 잘 알기 위해서는 글로 적어보는 게 최고다. 그러면 나에 대한 객관화가 이루어진다. 나를 객관적으로 알게 되면 그 어떤 공격도 유연하게 막아낼 수 있는 무기를 장착하게 된다. 또한 내가 만든 내면의 감옥에서 나올 수 있다. 결핍과 단점에만 매몰되어 움츠러든 마음의 감옥은 나만 무너뜨릴 수 있다. '나는 원래 겁쟁이고 소심해.' 겁쟁이라는 것을 인정하고, 나를 껴안게 되면, 겁쟁이만의 장점을 깨달을 수 있다. 겁쟁이라서 남들보다 한 번 더 생각하는 신중한 사람이 될 수 있고, 행동은 느리지만 다른 사람이 볼 수 없는 디테일한 면들을 발견할 수 있다.

50대, 나다운 삶에 대한 나만의 규정

나는 이제 50대 중반에 접어들었다. 나는 이제껏, 아이들을 위한 삶을 살아왔다. 내가 하고 싶은 것을 미루며 현실에 안주하며 살았다. 하지만 나는 요즘 책 쓰기에 도전하면서 날마다 내가 하고 싶은 일에 몰두하는 나를 만나고 있다. 책 쓰는 작가라는 이름에 도전장을 내밀고 있다. 책 쓰기라는 도전이 처음에는 낯설고 힘들게 느껴졌지만, 쓰다 보니 책 한 권 분량이 다 채워지고 있다.

"불가능에 도전하는 사람은 시간이 지나면 할 수 있는 일이 늘고 성장하지만, 가능한 일만 하는 사람은 나이를 먹어도 할 수 있는 일의 범위가 넓어지지 않는다. 사람의 성장은 그 사람이 불가능한 일에 도전하고자 하는 각오의 크기에 비례한다."

일본의 최고 경영자인 마스다 무네아키(增田宗昭)가 한 말이다.

나이는 숫자에 불과하고 평생 배움을 이어가야 할 이유가 여기에 있다. 나는 내가 꿈꾸고 있는 작가로서의 나를 돌아보며, 평생 글쓰기에 도전하고 싶다. 매일 쓰는 글이 쌓여 한 권의 책이 된다. 모든 것의 출발점은 할 수 없는 일을 도전해보고자 하는 도전 의식이다. 단지 성공을 위한 것이 아니라 나의 성장을 위해서 끊임없이 도전하고자 한다.

좌절이나 어려움을 느낄 때 나를 일으켜 세우는 힘은 나 자신을 찾아 새로운 것을 배우는 용기다. 나를 위한 배움과 도전이 나다움을 만든다. 나다움으로 살아갈 때 아프지 않고 살아갈 수 있다.

이제까지 나는 나의 인생을 살지 못해 몸도, 마음도 아팠다. 남의 인생으로 살아가려니 모든 게 삐걱거렸다. 이제 나로 살기 위한 시작점에 서 있다. 어떤 게 나답게 사는 것인지 이미 내 안에 답을 가지고 있다. 그러니 그 길을 단지 걸어가면 된다.

7 ● ● ● ●

나를 사랑하고
껴안아 주기

있는 그대로의 나를 사랑할 것

나를 사랑하지 않는 사람은 나에 대해 평화로운 감정을 가지기가 쉽지 않다. 내가 만든 어떤 기준에 의해 그 기준보다 못하면 열등감에 빠지고, 그 기준보다 잘하면 우월감에 빠진다. 우리는 다른 사람이 나에 대해 평가하고 점수를 매긴다고 생각하지만, 그 판단과 점수에 동의하는 것은 정작 나 자신이다.

하루에도 수십 번, 수백 번 나는 나를 평가하고 판단한다. 내 외모, 경제력, 성격, 말, 생각, 일, 능력 등 많은 조건에 대해 수시로 비교하고 평가한다. 남들 눈에는 멀쩡해 보이는 얼굴 생김새가 마음에 안 들어 고민하고, 남들에 비해 더딘 일의 진도에 대해 자책한다. 머리가 똑똑

하지 못해서, 돈이 없어서, 더 크고 화려한 집이 없어서 스스로를 열등한 존재로 느낀다.

나를 사랑하지 않는 사람일수록 자기에 대한 기준이 엄격하다. 그 기준에 미치지 못하는 자신을 질책하고 미워한다. 내가 도달하고자 하는 목표는 10인데, 5밖에 도달하지 못하면 5밖에 도달하지 못한 나에게 실망하고, 부족한 사람이라고 스스로 인정해버린다. 늘 부족하고 패배자인 것처럼 느끼는 패배 의식을 가지게 되면 결국 주저앉게 된다.

그렇다면 나를 사랑한다는 것은 어떤 것일까? 어느 날은 거울을 보고 "나는 내가 너무 좋아. 나는 나를 너무 사랑해", "내가 세상에서 최고야"라는 나르시시즘 감정에 사로잡히는 게 자기를 사랑하는 것일까? 나를 사랑하는 것은 감정과 상관이 없다. 나를 사랑한다는 것은, 객관적인 눈으로 나를 한없이 너그럽게 바라보는 것이다. 내가 어떤 모습이든, 어떤 환경에 있든지 상관없이 나를 있는 그대로 받아들이고 인정하는 것이다.

내가 어떻게 생겼든, 뭘 하든, 어떤 조건에 있든, 잘하고 못하는 것이나 잘나고 못난 것, 그리고 많이 가지고 적게 가진 것에 대해서 판단하지 않으면 우월감이나 열등감은 생기지 않는다. 마치 친한 친구를 대하듯, 아장아장 걸어가는 아이를 대하듯, 아무 편견이나 판단도 없이 나를 대하면 된다.

내가 있는 그대로의 나를 이해하고 인정하면, 나를 사랑하는 마음이 생긴다. 누군가에게 이해받고 인정받으면 사랑받는다고 느껴지는 것과 똑같은 원리다. 아무리 사랑하는 사람이나 가족이 있어도 그들이 모든 것을 채워줄 수는 없다. 채워지지 않는 마음의 구멍이 있기 마련이다. 살면서 느끼는 '고독'의 구멍을 메우기 위해서는 나 자신을 사랑하는 수밖에 없다. 나 자신을 사랑하고 아끼게 되면 타인의 사랑을 갈구하거나 연연하지 않는다. 혼자 시간을 보낼 때, 내가 나와 동행하고 있다고 느낀다면 좋겠다.

내가 나를 아끼는 만큼, 내 외모와 옷에도 신경 쓰는 게 좋다. 평생 나와 살아갈 내 몸에 기왕이면 예쁘고 좋은 것을 입히고 관리해주면 더 젊어 보이고 활기가 생기지 않을까? 거울에 비친 내 모습이 초라해 보인다면 마음도 초라하게 느껴진다. 꼭 비싸고 좋은 옷이 아니어도 깨끗하고 단정하게 차려입으면 기분이 상쾌해짐을 느낄 것이다.

또한 내 몸의 하루 에너지 양을 아는 것이 중요하다. 운동하거나 어떤 일을 수행할 때 내가 할 수 있는 에너지를 초과하거나, 반대로 너무 움직이지 않으면 우리 몸은 피곤하고 아프게 된다. 사이클은 내가 잘 안다. 나와 평생을 함께할 내 몸이니, 내가 내 몸을 잘 보살펴야 한다.

나는 아이들이 어렸을 때, 스킨십을 많이 해주었다. 아이들이 눈뜨자마자 입과 볼이나 눈에 사정없이 뽀뽀 세례를 했다. 말캉말캉한 젤리처럼 부드러운 아이들의 피부를 쓰다듬어주면 아이들도 간지럽다고 까르르 웃어댔다. 밤에도 잠들 때까지 자장가를 불러주며, 어깨를 토닥토닥 두드려주곤 했다. 아이들은 그렇게 내 품에서 잠들고, 내 품에서 깨는 일상을 보냈다. 아이들도 엄마인 내게 받은 만큼의 스킨십 세례를 해주었다.

어느 날, 친구가 우리 집에 놀러 와서 자고 간 일이 있었다. 다음 날 아침이 되자, 나는 여느 때처럼 아침밥을 준비하고 있었다. 아이들도 내가 만드는 음식 냄새를 맡고는 코를 킁킁거리고 있었다. 내 친구는 아직도 자고 있었다. 나는 아이들에게 예쁜 이모가 아직 자고 있으니, 이모가 일어나면 같이 먹자고 했다.

아침밥을 거의 다 준비할 무렵, 방에서 자고 있던 친구가 일어나더니 내게로 왔다. 기분이 좋은지 활짝 미소를 지으며 내게 말했다.

"자고 있는데, 네 막내가 내 볼에 뽀뽀해주더라. 입술의 촉감이 부드러워서 기분 너무 좋아."

"그래? 내가 아침마다 볼에 뽀뽀해서 깨우는데, 너 깨우려고 볼에 뽀뽀했나 보다."

"아침부터 볼 뽀뽀 덕분에 완전 힐링되네."

우리는 막내의 도발적인 볼 뽀뽀 사건에 웃으며 맛있는 아침을 먹었다.

아이들이 초등학교 고학년이 되어 점점 엄마의 스킨십을 거부하기 시작하면서 스킨십 기회를 노리는 게 쉽지는 않다. 하지만 여전히 나는 기회를 노려 막내보다 조금 만만한 큰딸을 상대로 허그를 하고, 뽀뽀한다. 큰딸도 가끔 기분이 좋으면 나를 안아주고 뽀뽀를 한다. 허그를 하면 따뜻한 기운이 온몸을 감싸주는 것 같아 기분이 좋다.

이렇게 스킨십은 당사자와 상대방 모두에게 긍정적인 효과를 준다.

그럼 허그가 우리에게 어떤 긍정적인 역할을 하는지 알아보기로 하자.

첫 번째로 스트레스를 줄여주는 데 도움이 된다. 누군가를 껴안거나 포옹하게 되면 옥시토신이라는 호르몬이 분비된다. 옥시토신은 불안과 스트레스를 낮춰주는 호르몬이다. 그래서 포옹을 하면, 기분이 좋아지고 따뜻한 기운이 퍼진다.

두 번째로 면역력에 도움이 된다. 포옹을 하는 것만으로 사랑받고 있고 안정감을 느끼게 하기 때문에 면역력을 높이는 데 도움이 된다.

세 번째로 심장질환의 위험을 낮춰주는 데 도움이 될 수 있다. 포옹과 키스와 더불어 신체적 접촉은 행복 호르몬인 옥시토신 수치를 증가시켜준다. 이로 인해 혈압을 낮춰 심장질환이 줄어든다.

네 번째로 포옹은 아이와의 유대감을 향상시켜준다. 엄마가 갓 태어난 아이를 안아줄 때, 앞에서 말한 것처럼 옥시토신이 분비된다. 그럼 엄마는 행복감을 느낄 뿐만 아니라, 스트레스와 불안이 낮아져 아이와의 유대감이 좋아진다.

'아이들이 커서 껴안는 것을 부담스럽게 생각하거나 허그할 사람이 집에 없다면 어떻게 할까? 손바닥도 마주칠 사람이 있어야 하는 것 아닌가?'라는 의문을 제기할 수도 있다. 그럴 때는 방법이 있다. 바로 내가 나를 껴안는 것이다. 양팔을 교차해서 양쪽 어깨에 올리고, 몇 초 동안 유지해주면 신기하게도 손의 온기가 몸에 전해진다. 내가 내 머리를 쓰다듬어주어도 똑같은 온기와 안정감이 느껴진다.

'잘하고 있어.' 이런 말을 나에게 해주면 내가 먼저 알아든다. 귀는 뇌와 바로 연결되어 있어서, 내가 한 칭찬과 격려의 말을 듣고 자존감이 살아난다. 다른 사람에게 받고 싶은 포옹이나 말을 내게 하는 것이 처음에는 적응이 안 될 것이다. 해본 적이 없으니, 당연히 이상하게 느껴질 것이다.

하지만 생각해보면 나와 평생을 같이 살아갈 사람은 바로 나다. 다른 사람이 내게 행복을 가져다주는 게 아니다. 외롭고 힘들 때마다 타인을 의지하면, 나의 몸과 마음은 평생 타인을 의지하며 사는 데 익숙해지게 된다. 타인이 나를 받아주지 않거나 조금이라도 소홀하게 되면 타인을 원망하고 실망하게 된다. 그런 원망과 실망은 내 자존감을 낮아지게 할 뿐이다. 내 자존감이 낮아지는 것은 타인에게서 오는 게 아니라, 내가 나를 낮게 평가해서 온다는 것을 잊지 말자.

거울을 통해 나를 마주 보고 미소 지어주는 것부터 시작해보자. 삶은 누구에게나 다 힘들고 어렵다. 삶이 너무 행복하고 좋아서 웃는 게 아니다. 어렵고 힘들어서 내가 나에게 미소 지어주고, 칭찬해주고, 껴안아주는 게 필요하다. 그래야 살아갈 수 있다. 내가 나를 인정해주고 껴안아주어야 그 힘으로 다른 사람도 위로하고 껴안아줄 수 있다.

심리학자인 버지니아 사티어(Virginia Satir)는 말했다.

"우리는 살아남기 위해 하루에 네 번의 포옹을 하고, 계속 살기 위해 여덟 번의 포옹을 하고, 우리의 성장을 위해 열두 번의 안아주기가 필요하다."

가장 가까운 가족에게, 위로나 충고의 말보다 한번 껴안아주면서 온기를 전달해보자. 그리고 앞으로도 살아남기 위해, 성장을 위해, 나 자신도 껴안아주는 하루가 되기를 바란다.

50, 설렘의 시작

제1판 1쇄 2023년 11월 23일

지은이 조인숙
펴낸이 한성주
펴낸곳 ㈜두드림미디어
책임편집 최윤경, 배성분
디자인 노경녀(nkn3383@naver.com)

㈜두드림미디어
등 록 2015년 3월 25일(제2022-000009호)
주 소 서울시 강서구 공항대로 219, 620호, 621호
전 화 02)333-3577
팩 스 02)6455-3477
이메일 dodreamedia@naver.com(원고 투고 및 출판 관련 문의)
카 페 https://cafe.naver.com/dodreamedia

ISBN 979-11-93210-23-9 (03810)